Josef Kaindl

ARGOS - Imago

Die Metamorphose des Bernhard Bauer

Psychothriller

Alle Personen und die Handlung dieses Buches sind frei erfunden.
Ähnlichkeiten mit lebenden oder toten Personen sind rein zufällig
und nicht beabsichtigt.

Auf geschlechtsspezifische Schreibweise wurde im Rahmen der
besseren Lesbarkeit verzichtet
(immer m/w/d).

Dieses Buch ist für Leser unter 18 Jahren nicht geeignet.

Die Argos Trilogie:

Band 1: „Argos erwacht. Er weiß alles von Dir.“

Band 2: „Argos – Reloaded“

Band 3: „Argos – Imago“

Impressum

Bibliografische Information der Deutschen National-bibliothek: Die Deutsche Nationalbibliothek verzeichnet diese Publikation in der Deutschen Nationalbibliografie; detaillierte bibliografische Daten sind im Internet über dnb.dnb.de abrufbar.

Die automatisierte Analyse des Werkes, um daraus Informationen insbesondere über Muster, Trends und Korrelationen gemäß §44b UrhG („Text und Data Mining") zu gewinnen, ist untersagt.

©2024 Josef Kaindl

Umschlagfoto ©Josef Kaindl

Lektorat: Elke

Herstellung und Verlag: BoD – Books on Demand, Norderstedt

Druck: Libri Plureos GmbH, Friedensallee 273, 22763 Hamburg

ISBN: 978-3-75975-907-8

Ausgabe Juli 2024

Danksagung

An alle meine Lehrer, Mentoren und weisen Begleiter, für ihre wohlwollende Unterstützung auf meinem Lebensweg.

Vorwort

In den ersten beiden Teilen der „Argos"-Trilogie, „Argos erwacht. Er weiß alles von Dir." und „Argos – Reloaded", lag der Fokus auf den psychischen Erkrankungen der Opfer. In dem nun vorliegenden dritten und damit abschließenden Teil, liegt der Fokus diesmal auf der Persönlichkeitsstruktur des Täters und dessen psychischer Abweichung von der Norm. Er zeigt in diesem Psychothriller offensichtliche Symptome des Krankheitsbildes des Wahns und der schizoiden Persönlichkeitsstörung, kurz Schizoidie.

Dass die psychische „Erkrankung" der schizoiden Persönlichkeitsstörung nichts mit Schizophrenie zu tun hat, möchte ich an dieser Stelle besonders betonen. Im Vergleich zur Schizophrenie mit all ihren Ausprägungen (paranoide Schizophrenie, katatone Schizophrenie, hebephrene Schizophrenie, ...), ist die Schizoidie äußerst selten. Die sehr geringe Prävalenz von 0,5-1,5 Prozent in der Allgemeinbevölkerung zeigt dies eindrücklich.

Nachfolgend aufgeführte Symptome können, angelehnt an den ICD-10 ohne Anspruch auf Vollständigkeit, möglicherweise auf eine Persönlichkeitsstörung in der Ausprägung der Schizoidie hindeuten:

Einzelgängertum und Kontakthemmung, bevorzugt Aktivitäten die allein durchzuführen sind, Isoliertheit, Distanziertheit und Misstrauen gepaart zum Teil mit Moralismus, emotionale Kühle mit abgeflachtem Affekt und wirken infolgedessen „steif", sind eher Konfliktmenschen mit schroffem und zugleich überempfindlichem Verhalten, haben eine stark eingeschränkte emotionale (!) Ausdrucksfähigkeit bis hin zur Unfähigkeit warme oder zärtliche Gefühle für andere auszudrücken, wenig bis gar kein Interesse an sexuellen Erfahrungen (problematische Sexualität),

Introvertiertheit, Rückzug in eine eigene Phantasiewelt, haben ein hohes Autonomiebestreben, leben meist ohne Partner.

Erschwerend kommt im Fall der Hauptfigur in diesem Roman, Bernhard Bauer, zu der manifesten Persönlichkeitsstörung noch eine weitere psychische Erkrankung hinzu: eine wahnhafte Störung, kurz Wahn. Wenn der Wahn zu Verfolgungswahn wird, wird dies als „paranoider" Wahn bezeichnet.

Bei den zahlreichen Arten der möglichen Wahnvorstellungen wie sie beim Menschen vorkommen können, wie organisch bedingtem Wahn, Größenwahn, Eifersuchtswahn, religiös motivierter Wahn, und den vielen möglichen weiteren Ausprägungen, ist es auch beim paranoiden Wahn möglich, dass dieser zu einer paranoiden Psychose mutieren kann. Wobei Psychosen zu den wohl schwersten psychischen Erkrankungen von Menschen gezählt werden.

Welchen Einfluss ein Wahn auf das direkte, meist familiäre Umfeld nehmen kann, zeigt beispielhaft die „induzierte" wahnhafte Störung". In diesem Fall, werden Symptome von der primär an Wahn erkrankten Person auf eine zuvor psychisch gesunde, nahestehende Person übertragen. Man spricht auch von einer „Folie a deux" – Zwei im Wahn. Trennt man dieses „wahnsinnige" Paar, kann es auch wieder zur Rückbildung der Wahnsymptome beim ursprünglich gesunden Partner dieser unguten Zweiergemeinschaft kommen.

Wenn Sie wenig mit Menschen zu tun haben, die psychische Störungen in starker Ausprägung zeigen, werden Sie vielleicht annehmen, dass es „so etwas doch nicht wirklich gibt". Leider muss ich Ihre Vermutung entzaubern. In jeder Firma, in jedem Amt, in jedem Großraumbüro sitzen Menschen mit mehr oder weniger ausgeprägten psychischen Störungen und Verhaltensauffälligkeiten.

Vielleicht sagen Sie sich aber auch nach der Lektüre meiner Romane: „Jetzt hat das komische Verhalten meines Arbeitskollegen endlich einen Namen. Jetzt sehe ich die Kollegen mit anderen Augen. Nun sehe ich auch das „schwarze Schaf" in unserer Familie ganz anders".

Mein Anliegen als Autor ist es, psychische Störungen mit Hilfe von detailreichen und selbstverständlich durchweg frei erfundenen Erzählungen greifbarer, verständlicher zu machen.

Und vielleicht als Nebeneffekt, auch bei den in Ausbildung oder Studium befindlichen, angehenden Psychologen, Psychotherapeuten, Heilpraktikern für Psychotherapie, psychologischen Beratern und weiteren in diesem Umfeld Tätigen etwas zu bewirken: weg von der reinen „grauen Theorie" in der psychologischen und psycho-therapeutischen Ausbildung, hin zu plastischen Beispielen mit – hoffentlich - dem Effekt des tieferen Verstehens psychischer Erkrankungen.

Bestenfalls gelingt dem Leser nicht nur ein besseres Verständnis von psychischen Störungen, sondern auch das Nachfühlen der Gefühlswelt eines sogenannten „psychisch Erkrankten". Damit möchte ich letztlich auch für (mehr) Toleranz gegenüber den von psychischen Störungen Betroffenen und nicht zuletzt auch deren Angehörigen werben.

1. Ein Sonderling

Es war Bernhard Bauers dritter Urlaubstag. Erst der dritte, dachte er gelangweilt und stieß einen langen Seufzer aus. Er hasste Urlaub, denn dann fehlten ihm die Struktur und die festgelegten Abläufe seines üblicherweise sehr starr geregelten Arbeitsalltags. Bernhard brauchte diese täglich immer gleiche Routine seiner Arbeitsabläufe, die feste Zeitstruktur und die starren Regeln, Vorschriften, Anweisungen und natürlich die Gesetze, an die er sich halten konnte. Er erfüllte damit wohl viele Klischees, die einem Beamten üblicherweise nachgesagt werden.

Urlaub hingegen fühlte sich für ihn wie Anarchie an. Er wusste in seiner Freizeit, an den Wochenenden oder eben im Urlaub, nichts mit sich anzufangen. Langeweile hasste er so sehr, dass er üblicherweise jede sich bietende Möglichkeit wahrnahm, sich in seine geliebten, einheitlich grünen Akten mit den akkurat beschrifteten Aktenrücken in Normschrift zu vertiefen.

Hätte sein Vorgesetzter nicht darauf bestanden und auf Bernhard immer wieder gebetsmühlenartig eingeredet, endlich mal Urlaub abzubauen, dann wäre er jetzt wohl immer noch in seiner Amtsstube hinter Bergen von grünen Akten.

Wo andere unter dem Anblick von schier endlosen Regalen voller Akten stöhnen würden, fühlte sich Bernhard wohl und sicher. Je voller die Regale mit den Akten waren, desto mehr gab ihm das die Sicherheit, dass die Arbeit im Amt nie ausgehen würde und dass er bis zu seiner Pensionierung in seinem vertrauten Umfeld bleiben konnte.

Ganz besonders liebte er die dunkelgrüne Farbe der amtlich vorgeschriebenen Aktenordner. Diese Farbe beruhigte ihn, denn es war für ihn ein Symbol der Kontinuität. Er war sich sicher, dass es den Staat immer geben würde. Und damit auch die Akten, die die unausweichlichen Vorgänge der Staatsmacht über den Bürger dokumentierten. Bis die seit Jahren von Politikern vollmundig angekündigte Digitalisierung in den Amtsstuben Einzug halten würde, würde er längst in Pension sein; da war er sich sicher.

Seit über dreißig Jahren war er nun beim Amtsgericht als Sachbearbeiter tätig. Die Zeit, als er sich als „Beamter auf Probe" bewähren musste, war für ihn die schlimmste.

Da er nicht wusste, ob er als Beamter am Ende der Probezeit auch übernommen werden würde, war seine innere Anspannung zu jener Zeit durchgehend hoch. Ihm fehlte während dieser für ihn schier endlos erscheinenden Zeit der Bewährung die Sicherheit, nach der er sich doch so sehr sehnte.

Da er auch jegliche Geselligkeit oder gar unnötigen Kontakt zu Kollegen möglichst vermied, war er schnell als „komischer Kauz" unter den Kollegen in Verruf geraten. Bis heute gilt er als Sonderling, der extrem viel Zeit am Arbeitsplatz verbringt. Als er schließlich irgendwann nicht nur fest in den Staatsdienst übernommen, sondern später auch Beamter auf Lebenszeit wurde, fiel eine wirklich große Last von ihm ab. „Jetzt bin ich in Sicherheit", sagte er in jener Zeit einmal laut, als er im Schlaf hochschreckte.

Das Amtsgericht war sein Lebenssinn, seine Erfüllung. Wo andere verbeamtete Staatsdiener gelangweilt ihr Arbeitspensum abspulten, war für Bernhard Bauer jede neue Akte, jeder neue Fall ein Eintauchen in das Leben anderer. Sein Aufgabengebiet war die amtliche Betreuung von Erwachsenen und hier das Spezialgebiet Betreuung von psychisch kranken Erwachsenen.

Beruflich war er in Bezug auf seine Karriere am Ende der Laufbahn in dieser Außenstelle des Amtsgerichts von Fürstenfeldbruck angekommen. Er war sehr stolz auf seinen erreichten Titel: Hauptsekretär im Amtsgericht. Für einen noch höheren Posten in der Beamtenlaufbahn hätte er allerdings ein Studium nachweisen müssen. Doch daran hatte er Zeit seines Lebens kein Interesse gezeigt.

Da Bernhard mittlerweile zweiundsechzig Jahre alt war und keinerlei weitere berufliche Ambitionen hatte, fühlte er sich mit dem beruflich Erreichten durchaus wohl. Er hatte ein Einzelbüro, dadurch kaum Kontakt zu den Kollegen und er vermied auch, soweit dies möglich war, direkten Kontakt mit Betreuern und Betreuten, indem er möglichst viel über das Telefon, die Briefpost, die E-Mail oder das gute alte Fax-Gerät regelte.

Bernhard vermisste sein Einzelbüro bereits jetzt, am dritten Tag seines Urlaubs. „Es gab doch noch so viele unerledigte Akten, wie kann ich da nur Urlaub machen?", fragte er sich halblaut. Dass er heimlich einige seiner geliebten Akten mit nach Hause genommen hatte, damit er auch in seinem Urlaub das Gefühl haben konnte, am Leben anderer „nach Aktenlage" teilzuhaben, empfand er als absolut legitim. Was es natürlich keinesfalls war, denn der Inhalt von Betreuungsakten unterliegt durchweg der Geheimhaltung.

Bernhard übersah dies für seine eigenen Zwecke geflissentlich, denn schließlich waren Moral oder Gewissen eher etwas für „Weicheier", wie er meinte. Ob er in den intimen Angaben und Daten seiner „Kunden" - wie er seine Fälle nannte - in seiner Amtsstube oder zu Hause „herumschnüffelte", machte für ihn keinen Unterschied.

Er saß innerlich angespannt auf dem Balkon seiner Drei-Zimmer-Eigentumswohnung im ersten Stock eines anonymen

Mehrfamilienhauses, nahm eines seiner gerade erst neu erstandenen Bücher zur Hand und hoffte, auf andere Gedanken zu kommen.

Bernhard hatte an seinem ersten Urlaubstag beim Online-Händler Amazon zwei Bücher bestellt. In eine Buchhandlung zu gehen, kam für ihn nicht in Frage, schließlich müsste man dann ja zwangsweise mit anderen Menschen sprechen; das wollte er unbedingt vermeiden, sofern irgend möglich. Einerseits wollte er so wenig Kontakt mit anderen Menschen wie möglich, andererseits nutzte er die Meinungen anderer Leser durchaus, indem er die bestellten Bücher nach deren guten Bewertungen und positiven Rezensionen aussuchte.

Immerhin musste er die Leute dann nicht treffen und mit ihnen sprechen – das wäre ihm wahrlich ein Gräuel. Wenn er überhaupt mit jemandem sprach, so waren es Selbstgespräche, die er meist halblaut oder leise flüsternd führte.

Üblicherweise führen Menschen ihre Selbstgespräche lautlos, sie finden sozusagen in deren Kopf statt. Doch Bernhard hingegen sprach seine Gedanken oftmals tatsächlich laut aus. Aber nur, wenn er alleine war. Die Worte seiner Selbstgespräche formten selten ganze Sätze. Manchmal bestanden diese Sätze aber auch nur aus Wortfetzen. Diese zum Teil künstlich wirkenden Wörter kreierte er spontan. Vor allem, wenn er unter Stress war.

„Qwa-wa-uhle" oder „Do-lauder" waren solche spontanen Wortgebilde, die für Außenstehende scheinbar keinerlei Bedeutung hatten. Sehr wohl allerdings für Bernhard, denn damit konnte er seine oft vorhandene innere Anspannung mindern, erträglicher machen.

Neben den scheinbar neu erfundenen Wörtern sprach er auch Wörter aus, die er mit dem zuvor Gehörten vermischte. Hörte er zum Beispiel in den Nachrichten etwas über islamistische Terroristen, die „Allahu akbar" (Gott ist groß) in die Fernsehkamera riefen und der Reporter sprach gleichzeitig von dem „Nutzen" einer Deeskalationsstrategie, so formte Bernhard daraus das daran angelehnte Wortgebilde „Nutzna-Mach-allah".

Damit ging diese Wortschöpfung in seinen Sprachschatz über und er nutzte es für zukünftige Situationen, in denen er eine innere Anspannung spürte. In Gegenwart anderer Menschen benutzte er diese Worte nicht laut, sondern nur in Gedanken, denn er schämte sich vor anderen Mitmenschen sehr dafür. Scham war das ihm seit seiner Kindheit nur zu vertraute Gefühl.

Die zwei nun vor ihm liegenden Bücher waren Teil eins und zwei einer dreiteiligen Buchserie. Da beide Teile in den Leserbewertungen jeweils viele Bewertungssterne gesammelt hatten, entschied sich Bernhard gleich beide zu ordern.

Der Titel des ersten Teils hieß: „Argos erwacht. Er weiß alles von Dir", der des zweiten Teils: „Argos – Reloaded".

2. Verführerische Lektüre

Bernhard Bauer liebte Bücher. Ganz speziell Psychothriller. Sein Bücherregal war voll von Büchern dieses Genres. Darunter waren unter vielen anderen: Tess Gerritsens „Blutzeuge" und „Die Chirurgin" ebenso wie Thomas Harris' „Das Schweigen der Lämmer" und „Hannibal Rising".

Alle bisherigen Psychothriller, die er gelesen hatte, waren spannend, fesselnd und für ihn meist so faszinierend, dass er sie oftmals in wenigen Tagen durchgelesen hatte. Beim Lesen dieser Art von Büchern spürte er meist diesen Kick, den man verspürt, wenn man spannende, ja erschreckende Vorgänge aus sicherer Distanz erlebt.

Bernhard hatte einmal von den Untersuchungen zum Konsum von Artikeln der Regenbogenpresse durch ältere Frauen gelesen. Dabei stand die Frage im Mittelpunkt, warum gerade ältere Frauen von Zeitschriften wie „Das goldene Blatt", die „Bunte" oder „Die Aktuelle" fasziniert waren.

Bei den wissenschaftlich fundierten Untersuchungen war ein psychologischer Effekt entdeckt worden, der Bernhards Erleben während der Lektüre eines spannenden Thrillers exakt entsprach. Der Adrenalinspiegel der Probandinnen stieg immer dann an, wenn sie eine Seite ansahen, die von Problemen der „Schönen und Reichen" berichtete.

Große Schlagzeilen mit Wörtern wie „Scheidung – das endgültige Aus!", „Heimliche Sex-Affäre", „Peinlicher Auftritt" oder „Schwanger – der Schock des Jahres!", ließen den Blutdruck und die Hauttemperatur der Probanden regelmäßig ansteigen. Umgangssprachlich würde man das vermutlich leichtfertig als „sensationslüstern" bezeichnen.

Aber wissenschaftlich war es ein nachweislich süchtig machender Effekt: das Teilhaben an den Sorgen, dem Unglück von Prominenten und Royals vom sicheren Wohnzimmersessel aus löst die Lust nach immer mehr Aufregung aus, nach dem immer größeren Kick.

Woche für Woche konsumierten also Heerscharen von älteren Damen diese Blätter, um ihre regelmäßige Portion an Aufregung in sicherer Umgebung und damit den Adrenalin-Kick im heimischen Sessel zu bekommen. Ja, so fühlte sich auch Bernhard, wenn er seine Lieblingslektüre las. Je blutiger und grausamer der Roman, desto stärker war der Kick für ihn!

Alle Krimis, Psychothriller oder Horrorbücher, die er bisher gelesen hatte, waren für ihn zwar oft sehr realitätsnah, aber eben noch als Fiktion erkennbar. Kreiert als Erfindung des jeweiligen Autors. Vielleicht nicht immer sofort als Phantasiegebilde des Verfassers erkennbar, aber spätestens nach Abschluss der jeweiligen Lektüre wurde klar, dass alles nur erfunden war.

Bernhard führte ab und zu auch längere Selbstgespräche. Zum einen, um sich an den besonders spannenden oder grausigen Stellen eines Buches selbst zu beruhigen mit Worten wie: „Ist ja alles nur erfunden", oder „Gott sei Dank ist das nur ein Roman – in echt könnte das so nie stattfinden".

Auch wenn er mitunter ganz in den einen oder anderen Roman „eintauchte", so lösten sich die Anspannung und die zugehörigen Emotionen nach dem Weglegen des Buches nach einigen Minuten auch wieder. Manchmal gab es aber auch einen Widerhall in seinen Träumen und er schreckte dann aus dem Schlaf hoch. Doch nach ein bis zwei Nächten schien sich sein Kopfkino regelmäßig wieder zu beruhigen.

Doch das sollte sich mit dem Buch ändern, das er jetzt in Händen hielt und dessen erste Zeilen er gerade zu lesen begann.

„Verdammt, das sind doch Parallelen zu meiner Arbeit, die da beschrieben werden", entfuhr es ihm. Im ersten Kapitel des Buches „Argos erwacht" wurde beschrieben, wie die Krankenakten von psychisch auffälligen Kindern in die Hände eines Psychopathen gelangten. Bernhard war überzeugt, dass er selbst natürlich kein Psychopath war. Aber auch er sichtete beruflich regelmäßig Krankenakten, psychopathologische und psychiatrische Gutachten.

In Bernhards Arbeitsstelle, dem Amtsgericht von Fürstenfeldbruck, waren vor einigen Jahren einmal mehrere Akten verschwunden. Vermutlich waren sie von einem Betreuer oder einem von Betreuung Betroffenen entwendet worden. Es konnte nie aufgeklärt werden, wer diese Akten des Betreuungsgerichts mit durchaus prekären Inhalten zum Gesundheitszustand der betreuten Personen gestohlen hatte. Teilweise enthielten die amtlichen Aktenordner detaillierte psychiatrischen Gutachten, die intime und oftmals sehr beschämende Details enthielten.

Von jenem Zeitpunkt an wurde eine strenge Vorschrift zum Verschließen der Amtszimmer erlassen. Bei jedem Verlassen des Amtszimmers musste Bernhard nun die Türe seines Büros abschließen, was ihm sehr entgegenkam: damit konnte keiner seiner Kollegen ohne sein Wissen in sein Reich eindringen und eventuell herumschnüffeln.

Ähnlich wie im Buch „Argos erwacht", in dessen Handlung die Aufzeichnungen eines Psychiaters abhandenkommen, kümmerte sich bei dem Vorfall damals im Amtsgerichtsgebäude nach einiger Zeit ebenfalls niemand mehr um den Verbleib der abhandengekommenen Dokumente.

Doch es sollte nicht die einzige Parallele zwischen Bernhards Arbeitsstelle und den Protagonisten in „Argos erwacht" bleiben. Bereits bei der ersten Schilderung einer Entführung einer Frau, der nachfolgenden Folter und schließlich des grausamen und kaltblütigen Mordes durch den Serienmörder Alex im Buch, sprach Bernhard zu sich: „Das kenne ich doch alles – wie kann das in einem Roman genau so beschrieben sein? Das stand so, oder so ähnlich in einem Polizeibericht zu einer Betreuungs-Akte, die ich vor längerer Zeit zu bearbeiten hatte. Das ist doch unglaublich. Es kann doch nicht so einfach sein, einen Menschen zu entführen und dann nach Belieben zu quälen und letztlich zu töten?"

Bernhard war einerseits fasziniert und gleichzeitig angewidert von dem, was er da las. Andererseits waren die exakt geplanten Schritte der Hauptfigur im Buch so authentisch für Bernhard, dass er sich nicht nur sicher war, dass er bei jedem Schritt der beschriebenen Tatausführung dasselbe getan hätte wie der „Romanheld", sondern erschreckenderweise auch ähnliche Emotionen verspürte. Und das, obwohl er doch so selten Emotionen verspürte.

Bernhard spürte körperlich das Gefühl der Macht über einen anderen Menschen, während er die Zeilen im Buch las, die die Ohnmacht des Opfers beschrieben. Er spürte sogar so etwas wie die Lust am Töten, als im Buch detailliert beschrieben wurde, wie das erste Opfer grausam und kaltblütig getötet wurde. Plötzlich erschrak Bernhard zutiefst über sich und die Gefühle, die er empfand.

Er nahm seinen beschleunigten Herzschlag an den Handgelenken und am Hals wahr. Er spürte, dass es ihm nicht nur „heiß" geworden war, sondern dass er Schweiß auf der Stirn hatte. So oder so ähnlich musste das wohl für die älteren Damen sein, wenn sie die marktschreierischen Schlagzeilen der Boulevardpresse lasen.

Dass er selbst jedoch körperlich so stark auf die Schilderungen in „Argos erwacht" reagierte, war ihm unheimlich. Aber es war auch irgendwie lustvoll, aufregend und, trotz aller Überraschung über seine heftigen Reaktionen, auch geil. Erst jetzt stellte er fest, dass er eine Erektion hatte.

Er legte das Buch mit gebührendem Respekt zur Seite und betrachtete es eingehend aus einer Armlänge Entfernung. Er musterte das Cover und erkannte hinter dem darauf abgebildeten Scheunentor ein ängstlich wirkendes Auge.

Bernhard schüttelte sich und ging aus dem Raum, denn er wollte Distanz zwischen sich und diesem unglaublich authentisch geschriebenen Buch bringen. Es hatte etwas Magisches und Faszinierendes. Aber auch so viel Unheimliches, so wie der Kinofilm Jumanji, in dem die Schauspieler in ein Spiel förmlich hinein "gesaugt" wurden. Bernhard hatte wirklich Angst, in das Buch gesaugt zu werden und nie wieder heraus kommen zu können.

Als er an diesem Abend zu Bett ging, drehten sich seine Gedanken noch lange um die unglaubliche Wucht, mit der ihn dieses Buch angezogen, fast hineingezogen hatte. Einerseits war die Gefahr relativ, denn er war an einem sicheren Ort gewesen; in seinem Wohnzimmer im Lesesessel.

Andererseits hatte ihn das Allmacht-Gefühl, das ihn bei der Entführungsschilderung, bei der Folter des Opfers und schließlich beim Töten durch den Serienmörder Alex überkam, unglaublich erregt und letztlich auch befriedigt. Bernhard wollte mehr davon. Er war angefixt. Wie die alten Damen kurz vor dem Höhepunkt der Lektüre ihrer wöchentlichen Adrenalingarantie in der Regenbogenpresse.

Doch bei Bernhard sollte die Faszination für die Figur des Serienmörders im Buch noch weiterführen; um vieles weiter, als bei den Prominentenklatsch konsumierenden, harmlosen, älteren Damen.

3. Der neue Praktikant

So hatte sich Thorsten Schneider sein Praktikum bei der Kriminalpolizei nicht vorgestellt. Er saß in der Asservatenkammer irgendwo in den Kellergewölben der Kriminalpolizei in der Münchner Ettstraße und musste Aktenordner aus braunen Umzugskartons alphabetisch in Regale einordnen.

„Da ist es wahrscheinlich beim Sozialamt hundertmal spannender, als hier in diesem Kellerloch", murmelte er vor sich hin. Es war bereits der fünfte Tag in seinem Praktikum bei der Polizei, aber leider auch der fünfte Tag in den muffigen Kellern der Kriminalpolizei Münchens.

Thorsten hatte sich um eine Praktikumsstelle bei der Münchner Polizei beworben, weil er davon ausging, dass er mit den Streifenpolizisten täglich Abenteuer erleben würde. Dass er allerdings von Tag eins seines Praktikums an zwar bei der Kriminalpolizei, aber dort leider nur zum Sortieren von Akten eingesetzt werden würde, hätte er sich im Vorfeld niemals träumen lassen.

Er war zwar erst in der ersten von vier Wochen Praktikum, ging aber davon aus, dass er wohl volle vier Wochen irgendwelche niederen Tätigkeiten verrichten würde müssen.

Da er nicht einfach von seiner Stelle wegbleiben konnte, denn er benötigte den Nachweis des abgeschlossenen Praktikums, arbeitete er zumindest ganz besonders langsam. Beamten-like oder auch Beamten-Mikado, wie er es flapsig nannte. Das war seine Art, sich an seinem Arbeitgeber für dieses miese Praktikum zu rächen.

Bisher hatte sich, außer bei der Begrüßung am ersten Praktikumstag und der darauffolgenden Arbeitszuweisung in diese Polizeikatakomben, niemand um ihn wirklich gekümmert. Also stempelte er morgens mit seinem Personalausweis bei der Zeiterfassung ein, und abends nach acht Stunden wieder aus. Dazwischen nahm er Akten aus einer Art Umzugskartons heraus und sortierte diese Aktenordner stumpfsinnig in die Regale des Polizeiarchivs ein.

Thorsten machte aus Langeweile und aus Trotz gegen den scheinbar monotonen Job viele lange Pausen. Meist öffnete er eines der vergitterten Kellerfenster und blies den Rauch seiner Zigarette zwischen die Metallgitter in den Schacht vor dem Fenster, um die Rauchmelder im Gewölbe nicht auszulösen.

Das Rauchen im Polizeiarchiv war zwar strengstens untersagt, aber da sich meist außer Thorsten niemand sonst in diesen muffigen Kellergewölben aufhielt, rauchte er trotzig erst recht und paffte zum Kellerfenster hinaus.

Manchmal legte er sich auch auf eines der breiten Fensterbretter aus Stein, unter dem jeweils ein Heizkörper angebracht war. Das von der Heizung angewärmte Fensterbrett ließ ihn ab und zu sogar einschlummern.

Das empfand Thorsten nicht nur als angenehm, sondern auch als wunderbare Vorbereitung für die langen Studentenpartys, die er fast jeden Abend gebührend und bis in die Morgenstunden hinein feierte. Insofern war dieser monotone Job gar nicht so schlecht, denn er konnte hier den Schlaf nachholen, der ihm während der durchgefeierten Studentennächte fehlte.

Seinen Kommilitonen erzählte er aufschneiderisch, dass er nicht bei der Polizei eingesetzt sei, sondern bei der „Kripo". Und dass er selbstverständlich von seiner wichtigen und geheimen Arbeit bei der Kriminalpolizei nichts erzählen durfte, so wie ein Geheimagent.

Schließlich hatte er bereits am ersten Tag entsprechende Dokumente zur Geheimhaltungspflicht unterschreiben müssen.

Das sollte seinen Freunden zeigen, wie brisant und unheimlich wichtig sein Job war. Und ganz nebenbei kam er sich bei dieser geschönten Erzählung als besonders wichtig und geheimnisvoll vor und konnte damit vor seinen Freunden hervorragend verbergen, dass er so einen ätzend langweiligen Praktikumsplatz erwischt hatte.

Die grünen Aktenordner aus den Archivkisten hatten alle sorgsam beschriebene Aktenrücken. Sehr ähnlich denen, die auch Bernhard Bauer so liebte. Doch von ihm wusste Thorsten Schneider noch nichts. Woher auch? Doch das sollte sich während Thorstens scheinbar so langweiligem Praktikum noch grausam ändern.

Die Aktenrücken sahen sich alle ähnlich: Aktenzeichen, Name der Hauptperson, Beginn und Ende der Ermittlungen und dann eine Kategorisierung, die von „Öffentlich" über „Intern/nur für den Dienstgebrauch" und „Vertraulich" bis hin zu „Streng vertraulich/Geheim" reichte.

Selbstverständlich hatte Thorsten bereits am ersten Tag seine Nase in Akten mit der Kategorie „Vertraulich" hineingesteckt. Meist waren es Kriminalfälle, bei denen mehr oder weniger Prominente, Politiker oder sonstige Mandatsträger betroffen waren.

Darunter waren auch berühmte Münchner Mordfälle, wie der des Modezaren Mooshammer, oder der Boulevardpresse-freundliche Fall des Schauspielers Walter Sedlmayr.

Solche prominenten Mordfälle fand Thorsten sehr spannend und er vergaß darüber auch manchmal den ansonsten langweiligen und monotonen Alltag im Keller der Münchner Kriminalpolizei. Doch die allermeisten Fälle trugen nur die weniger interessanten Bezeichnungen „öffentlich" und „intern/nur für den Dienstgebrauch".

Auch der fünfte Tag des Praktikums zog sich bereits vormittags hin wie ein Kaugummi. Mittlerweile griff Thorsten ganz routiniert einen Aktenordner nach dem anderen aus den scheinbar nie endenden Archivkartons heraus. Dann sortierte er die jeweiligen Akten nach dem Alphabet in die Regale in diesen schier endlos erscheinenden Gängen der Polizeikatakomben.

Als er nach einer längeren Raucherpause und einem kurzen Nickerchen auf der warmen Fensterbank wieder zu den deckenhoch gestapelten Archivkartons zurückging, öffnete er routinemäßig einen weiteren Karton.

Von seinem Kurz-Nickerchen etwas benommen, fühlte er sich noch ein wenig wie in Trance. Die letzte Nacht war einfach zu kurz.

Oder hatte er gestern, oder eher heute frühmorgens zu viel Alkohol getrunken? Egal, monotone Arbeit lässt sich leicht benebelt am besten verrichten, dachte er.

Thorsten Schneider zog den ersten Ordner aus einem gerade frisch geöffneten Archivkarton, blickte routiniert auf den grünen Aktenrücken und wollte den Namen des „Falles" lesen, als ihm etwas Ungewöhnliches auffiel.

„Streng vertraulich/Geheim" stand da in roten Lettern – diese Kategorie hatte er bei all den bisherigen Aktenordnern noch nicht gesehen. Endlich mal was Neues, dachte er. Er war ein klein wenig aufgeregt, fast so wie am ersten Tag, als er seine erste Akte mit der Aufschrift „Vertraulich" in Händen hielt.

„Vertraulich" bedeutete auch, dass teilweise einzelne Wörter oder auch ganze Textpassagen geschwärzt sein konnten. Wie würde das dann bei „Streng vertraulich/Geheim" sein? Und wie brisant und vielleicht auch prekär war der Inhalt dieser hoch klassifizierten Akte wohl?

Thorsten setzte sich mit dieser für ihn so besonderen Akte in Händen an den beim Fenster stehenden Schreibtisch. Er knipste die Schreibtischlampe an und legte die Akte direkt unter den Lichtkegel der sehr hellen LED-Lampe mit ihrem zwar kalt wirkendem, aber dadurch auch Kontraste besonders betonendem Licht.

Dann betrachtete er nochmals ein wenig aufgeregt die Daten auf dem in Normschrift beschriebenen grünen Rücken des Ordners.

Dort stand: „AZ 110/911-75087, Kommissar Mayer Peter-Josef, 19.03.XX-28.09.XX, Streng vertraulich". Die Jahreszahlen waren vermutlich mit einem scharfen Gegenstand entfernt worden; vielleicht mit einer Rasierklinge?

Der Handyempfang hier im Keller war überraschenderweise ganz brauchbar, so dass Thorsten sein Smartphone nutzte, um im Web nach Informationen zu diesem Fall zu suchen.

Zuerst gab er das Aktenzeichen in die Internet-Suchmaschine Startpage.com ein. Danach auch noch auf einer Seite, die künstliche Intelligenz (KI) als Such-Algorithmus einsetzte – man weiß ja nie, was das Web alles abgespeichert hat.

Und tatsächlich gab die KI-Website perplexity.com einen wichtigen Hinweis an Thorsten preis: der Code 110/911 war nicht nur der allseits bekannte Polizeinotruf für Deutschland, sondern kombiniert mit dem Notruf in den USA, ein „Geheimcode" in Polizeikreisen.

Code 110/911 bedeutete in der Polizeisprache: „Einer von uns".

4. Der Beginn einer Serie?

Eine unruhige Nacht mit schweißtreibenden Albträumen lag hinter Bernhard Bauer. Gott sei Dank hatte er noch Urlaub, da konnte er es sich leisten, nicht einhundertprozentig ausgeschlafen zu sein. Es war das erste Mal seit Jahren, dass er sich über einen Urlaubstag freute, auch wenn es nur wegen der Möglichkeit war, sich jederzeit wieder hinlegen zu können.

Obwohl er schon ganz wach war, blieb er noch lange im Bett liegen und dachte nach. Seine Neugier war geweckt, denn er wollte wirklich wissen, ob es so einfach ist, einen Menschen zu entführen, wie im Buch „Argos erwacht" beschrieben.

Er lag mit offenen Augen da und sein Gehirn arbeitete auf Hochtouren. Ab und an entfuhr ihm aufgrund seiner Anspannung das eine oder andere seiner Kunstworte in immer wieder verschiedenen Betonungen und unterschiedlichen Lautstärken: „Do-Lauder, Qwawa-uhle, Dohhhh-Lauda, Quwawa-uhhhhle, ..."

Das Wichtigste schien ihm, dass vor einer Entführung eines Menschen alle Eventualitäten bedacht sind. In dem Buch „Argos erwacht" hatte der darin beschriebene Serienmörder Alex, alias „Argos", jedes Mal vor der geplanten Tat über sein nächstes Opfer akribisch recherchiert.

Alex, die Hauptfigur im Buch, las immer vor der Tat alles, was er über das potentielle Opfer in Erfahrung bringen konnte. Und er recherchierte dazu intensiv im Internet. Hatte das Opfer einen Facebook-Account? Instagramm? X (ex-Twitter)? StayFriends? Was ergab die Suche in dem mittlerweile verfügbaren diversen KI-Suchmaschinen, wie Complexity.ai, ChatGPT und weitere? Was war im „Netz das nichts vergisst" zu finden?

Jedes Detail wertete Alex, der Hauptprotagonist des Buches, genauestens aus, um möglichst alle Risiken zu minimieren.

Vielleicht war Alex der wohl beste Profiler, den auch die Polizei gerne in ihren Reihen gehabt hätte. Doch leider war Alex alles andere als ein redlicher Polizeibeamter im Kriminaldienst. Schließlich war Alex alias „Argos" irgendwann in seinem Leben unumkehrbar zur „dunklen Seite der Macht" gewechselt.

In Bernhard Bauer wuchs die Neugier umso mehr, je mehr er über das professionelle Vorgehen von „Argos" nachdachte. Der Roman-„Held" hatte seine Opfer mit einfachen Mitteln überwältigt, betäubt und entführt. Weder das, was er ihnen antat, war eine „Raketenwissenschaft", noch benutzte er besondere Werkzeuge. Nein, vielmehr waren es einfache Gegenstände wie Seile, Nadel und Spritzen und frei verfügbare Medikamente. Meist sogar Tiermedikamente. Leicht zu besorgen und auch beim Menschen wirksam. Wenn auch mit teilweise schrecklichen Wirkungen.

Im Roman „Argos erwacht" wurde der Serienmörder nicht von einem Polizisten gestellt oder von einem Profiler ausfindig gemacht. Vielmehr stellte sich der geniale Mörder selbst den Behörden. Die Polizei hätte ihn wohl nie gefasst.

„Aber das ist doch nur erfunden, Fiktion", murmelte Bernhard halblaut vor sich hin. Aber was wäre, wenn es wirklich so einfach funktioniert? Was, wenn das Buch „Argos erwacht" die perfekte Anleitung für die Erlangung absoluter Macht über Menschen ist, und auch der Übergang vom Leben zum Tod detailliert beobachtbar wäre? Bernhard musste das unbedingt wissen.

Er sprang aus dem Bett auf und ging direkt zu seinem Laptop. Dort schlug er verschiedene Kapitel aus dem Psychothriller „Argos erwacht" auf und verglich die am Anfang der jeweiligen Kapitel beschriebenen Diagnosen mit Informationen im Internet.

Jede im Buch beschriebene Diagnose stimmte inhaltlich hundert prozentig mit den Beschreibungen auf den einschlägigen medizinischen Seiten im Internet überein. Er verglich die im Buch beschriebenen Krankheitssymptome noch zusätzlich mit den jeweiligen Einträgen im wissenschaftlichen Standardwerk der Psychologie für psychische Erkrankungen, dem ICD-10 der WHO.

„Wenn jemand psychische Erkrankungen in einem Roman so gut beschreiben kann, dann muss das Vorgehen zum Entführen der Personen auch der Realität entsprechen", murmelte er weiter.

Dabei bemerkte er nicht, wie er von der Romanfigur Alex immer mehr fasziniert wurde, wie er immer mehr den Drang verspürte, so zu sein wie Alex. So erfolgreich. So mächtig.

Am meisten faszinierte Bernhard, wie der Serienmörder Alex im Roman zur Bestie „Argos" mutierte. Diese Wandlung von Dr. Jekyll zu Mr. Hyde war es letztlich, was in Bernhard wahre Größengefühle, fast Größenwahn oder vielmehr uneingeschränkte Machtgefühle, auslöste.

Die Ohnmacht der Opfer im Roman ließ Bernhard seine vermeintliche Macht spüren. Dabei fühlte er sich nicht nur mächtig, sondern spürte auch eine Erregung zwischen seinen Beinen.

Irgendwann fragte er sich, wie stark seine Erregung wohl wäre, wenn er anstatt „Argos" der übermächtige Mörder wäre?

Neben Bernhards Laptop lag eine der illegal entwendeten Akten aus seiner Arbeit am Betreuungsgericht. Er schlug sie schließlich auf und las das Deckblatt und die ersten Seiten darin mit einer gewissen Erregtheit durch die darin enthaltenen intimen Informationen und einem erhebenden Gefühl von Macht.

5. Aktenordner und Aktenzeichen

„Aktenzeichen UAT/Betreuung/456.987.334 Amtsgericht Fürstenfeldbruck", stand oben auf der Seite. Dann kamen die persönlichen Angaben zum Betreuenden: „Hans-Peter Bankgall, geboren am 19.02.1969, wohnhaft in Biburg bei Fürstenfeldbruck".

Bernhard gab den Namen des unter Betreuung Stehendem im Internet ein und das unendliche Netz spuckte sofort einige aufschlussreiche Informationen aus. Darunter war nicht nur die private Adresse des Herrn Bankgall, sondern auch die Webseite der Firma, die er leitete.

Die Firma befand sich in einem Gewerbegebiet, das Bernhard gut kannte. Denn in derselben Straße ließ er sein Auto immer bei einer freien Werkstatt reparieren. Nach zwanzig Uhr war das Gewerbegebiet so gut wie ausgestorben. Das wusste er, denn einmal stellte er spät abends sein Auto auf dem Hof der Reparaturwerkstatt ab, damit es am nächsten Morgen repariert werden konnte. So spät abends war damals keine Menschenseele dort unterwegs gewesen.

Er erinnerte sich nun auch daran, dass er nach dem Abstellen des zu reparierenden Fahrzeugs auf sein mitgebrachtes Fahrrad stieg und damit durch das verlassene Gebiet zurückfahren musste. Es war unheimlich, zwischen den um diese Zeit verlassenen Bürogebäuden und Werkstätten hindurch zu fahren.

Einsames, verlassenes Büro? Das hörte sich doch verlockend an, dachte sich Bernhard. Wäre das der ideale Platz, um dem Herrn Geschäftsführer Bankgall aufzulauern?

Plötzlich schrak Bernhard Bauer auf. Was hatte er da gerade gedacht? Er fragte sich: Will ich das wirklich wagen? Doch er stoppte nicht an diesem Punkt, an dem er eventuell noch zurück hätte können. Sondern vertiefte sich sofort wieder in seine Recherchen und in die grüne Akte des Amtsgerichts.

Darin fand er auch das psychiatrische Gutachten eines Universitätsprofessors mit doppeltem Doktortitel: Prof. Dr. Dr. Mallersdorff. Der galt als Koryphäe für die Diagnose psychischer Störungen und war schon sehr lange „im Geschäft", wie Bernhard es auszudrücken pflegte. Gerade für psychiatrische Gutachten von prominenten Personen, oder zumindest sehr reichen Menschen, wurde Prof. Dr. Dr. Mallersdorff als Gutachter gewählt.

Schließlich musste das jeweilige Gutachten absolut wasserfest sein, wenn die Gefahr bestand, dass die Öffentlichkeit, oder geldgierige Verwandte mit Rechtsanwälten im Hintergrund, das Gutachten zur Betreuung anfechten sollten. Es geht eben bei manchen Betreuungsfällen auch um die sogenannte Vermögensvorsorge. Also um Zugriff auf das Vermögen des zu Betreuenden durch eine dritte Person.

„Na, wenn der Dottore mit den vielen akademischen Titeln Hans-Peters Krankheit nicht beurteilen kann, wer denn dann?", sprach Bernhard zu sich selbst. Bernhard hatte eine gewisse Vorbildung in körperlichen und geistigen Erkrankungen, da dies einerseits zu seiner Ausbildung gehörte (auch wenn das bereits viele Jahre her war), andererseits hatte er es tagtäglich mit mehr oder weniger nicht mehr „zurechnungsfähigen" Personen zu tun.

Schließlich war er Rechtspfleger für Betreuung am Amtsgericht. Und Betreuung benötigten eben hauptsächlich Menschen, die nicht mehr gesund waren, also meist nicht mehr für sich selbst einstehen konnten. Und genau über diese Fälle hatte Bernhard zusammen mit einem Amtsrichter täglich zu entscheiden.

Meist waren die zu betreuenden Personen ältere Bürger aus dem Landkreis. Daher kannte Bernhard Bauer vor allem alle Formen der Demenz sowohl theoretisch aus seiner Fachausbildung, als auch praktisch aus den amtlichen Anhörungen der Betroffenen sehr gut. Er musste manchmal auch die zu Betreuenden zu Hause oder im Altenheim aufsuchen, um sich ein Bild von deren Zustand machen zu können.

Bernhard hasste diese Besuche, denn er vermied üblicherweise jeglichen Kontakt zu anderen Menschen. Doch der Dienst für den Staat sah eben ab und zu gesetzlich vorgeschriebene Besuche bei den zu Betreuenden vor.

Seltener musste er in die Intensivstationen von Krankenhäusern, oder in Gefängnisse, um sich selbst ein Bild vom zu Betreuenden zu machen. In all diesen Orten befanden sich Personen, die möglicherweise betreut werden mussten. In Intensivstationen die Unfallopfer. In Gefängnissen die Narzissten, Asozialen und Psychopathen. Wie auch in der geschlossenen Psychiatrie und den forensischen Abteilungen. Doch überwiegend waren es die Altenheime, in denen eine Betreuung einer Person nötig wurde.

Bernhard vertiefte sich in das psychiatrische Gutachten für Hans-Peter Bankgall. Welche Krankheit des Geistes hatte der Gutachter festgestellt?

„Bipolare Störung, gegenwärtig manisch, Verdacht auf ADHS", stand da. Das war ungewöhnlich für einen Betreuungsantrag. Meistens enthielten die Gutachten Diagnosen wie: Alzheimer-Demenz oder Parkinson. Eine sogenannte Bipolare Störung als Basis für eine mögliche Betreuungsverfügung hatte er in all seinen Jahren im Amt noch nie zur Beurteilung gehabt. Sicherheitshalber las er nochmal nach, in seiner mittlerweile etwas abgegriffenen „medizinischen Bibel" wie er sie nannte, dem ICD-10.

Der ICD-10 war nach wie vor das führende Buch für psychische Erkrankungen, denn der aktualisierte Nachfolger ICD-11 des von der WHO herausgegebenen Werkes, lies noch auf sich warten. Darin hatte jede Erkrankung des Geistes ein eigenes Kapitel und vor allem war jede einzeln nummeriert, was Bernhards zwanghaftem Strukturbedürfnis entgegenkam.

Jede psychische Erkrankung hatte einen alphanumerischen Code, der immer mit dem Buchstaben „F" begann. Diese logische Kategorisierung gefiel Bernhard besonders, denn er liebte Ordnung, Struktur und klare Systeme.

In der Akte fand sich auch eine Kopie der Patientenkarte des Patienten Hans-Peter Bankgall.

6. Faszinierende Symptome

Patientenkarte Nummer 4768 aus der psychiatrischen Praxis von
Prof. Dr. Dr. Mallersdorff, Facharzt für Psychiatrie und
Psychotherapie, Neurologe:
Hans-Peter Bankgall, geboren am 30. November 1972, Diagnose: F.31
Bipolare Störung (ADHS?). Therapie: Ritalin 1-1-2

Je mehr Bernhard über den unter Betreuung stehendem Hans-Peter
Bankgall las, desto faszinierter war er von dessen
Krankheitssymptomen. Prof. Dr. Dr. Mallersdorff war laut den
vorliegenden Notizen schon vor vielen Jahren, damals von den
verzweifelten Eltern, gebeten worden, Michaels Lehrerin aufzusuchen.

Die Aussagen der Lehrerin über Michaels damaliges Verhalten als
Schüler waren sorgsam handschriftlich notiert und dem erneuten
Antrag auf Betreuung in Kopie beigelegt.

„Hans-Peter stört fast durchweg den Unterricht. Er gibt Tierlaute von
sich. Er zappelt und ist permanent unruhig. Er kann sich nicht länger als
ein paar Minuten konzentrieren. Er zeigt aggressives Verhalten den
Mitschülern gegenüber, scheinbar ohne größeren Anlass. Er lügt,
fälscht Unterschriften, hat vor niemandem Respekt, ist nicht mehr
erziehbar. Der Schulausschluss steht unmittelbar bevor. Es mangelt ihm
keineswegs an Intelligenz, jedoch haben alle seine Lehrer der
vorhergehenden Jahrgangsstufen durchweg bestätigt, dass er bereits
seit Ende der Grundschulzeit verhaltensauffällig war. Seine
Distanzlosigkeit und Impulsivität sind unerträglich. In diesem Jahr wird
er 18 Jahre alt – an ein Bestehen der Abschlussprüfung ist in seinem
jetzigen Zustand keinesfalls zu denken. Der Lehrkörper hat es über
Jahre hinweg mit ihm versucht – der Junge ist krankhaft, pathologisch."

Bernhard dachte, heute würde man wohl auch noch diese in Mode
gekommene Diagnose stellen: Aufmerksamkeitsdefizitstörung mit

Hyperaktivität, kurz ADHS. Ein paar Tabletten „Ritalin" und der Knabe muckt sich nicht mehr. Gut für die Mitschüler, gut für die Lehrerin, sehr gut für die überforderten Eltern. Mies für das Kind. In Watte gepackt, ferngesteuert, wie im Traum, aber eben auch ruhiggestellt und gesellschaftskonform.

Bernhard googelte nach AHDS und Medizin. Scheint ein geiles Zeug zu sein, diese Tabletten, dachte er. Bei Kindern wirken sie beruhigend, oder wie die Tablettenhersteller auf ihrer Homepage schrieben: leicht sedierend. Bei Erwachsenen wirkt diese Medizin aufputschend; so wie die ganze Gruppe der Amphetamine überwiegend wach und aktiv macht, eben aktivitätssteigernd. Zumindest bei Erwachsenen.

Der Manager, der täglich 14 Stunden arbeitet, nimmt Amphetamine und wird von der Gesellschaft dafür belohnt, indem die Menschen von ihm denken: ist der fleißig, arbeitet der viel, ist der engagiert.

Die umgekehrte Wirkung von Ritalin bei Kindern wird ebenfalls gesellschaftlich mit hoher Anerkennung belohnt, was man an den Aussagen der Erwachsenen über die damit medikamentierten Kinder hört: „Ist das Kind brav, so ein ruhiger Junge, so wohlerzogen, welch ein angenehmes Kind, …".

Die „beliebte" Modediagnose ADHS gab es damals noch nicht so verbreitet wie heute, wenn es die Diagnose überhaupt damals schon gab. Als das Krankheitsbild etwa 1978 erstmals in die Standardfachliteratur aufgenommen wurde, galt es noch als sehr exotisch.

Professor Mallersdorff hielt von den – wie er immer betonte – „neu erfundenen" Ausprägungen bereits bekannter Krankheitsbilder damals nichts. Gar nichts. Deshalb stand in der Diagnose eben bipolare Störung, also Manie und Depression im Wechsel. Und das Modekürzel

„ADHS" war damals vom Professor nur in Klammern hinter der eigentlichen Diagnose vermerkt worden.

Manische Phasen mit Ansätzen von Größenwahn wechselten sich bei Hans-Peter mit kürzeren, aber nicht weniger heftigen depressiven Phasen in mehrmonatigen Abständen ab. So stand es zumindest auf dem Gutachten, das Bernhard in den Händen hielt.

Auf Grund der langen und heftigen Krankengeschichte von Hans-Peter Bankgall, die Prof. Mallersdorff über Jahre hinweg als neurologischer Facharzt und Psychiater begleitete, plädierte er dringend für eine Betreuung seines Patienten.

„Wie würde Alexander Vogel alias „Argos" in so einem Fall vorgehen?", fragte sich Bernhard Bauer und gab sich selbst die Antwort: „Zu allererst eine akribische Recherche inklusive des Sammelns aller verfügbaren Fakten über das auserkorene Opfer. Danach ist dann zu überlegen, was dem zukünftigen Opfer auf Grund seiner Krankengeschichte aus dessen Kindheit und Jugend am meisten schaden, ihn maximal re-traumatisieren würde", murmelte er.

Bernhard hatte auch schon eine Idee bezüglich des damals benötigten Ritalins. Doch das musste noch genauer überlegt werden. Schließlich musste alles einhundert Prozent „sitzen", bevor er loslegen wollte.

7. Vorbereitungen

Bernhard saß auf seinem Balkon und war in eines der ersten Kapitel von „Argos erwacht" vertieft. Es war das Kapitel, in dem eine Frau in einem Brunnenschacht gefangen gehalten, grausam gefoltert und schließlich äußerst brutal ermordet wurde.

Für Bernhard war es immer noch unfassbar, wie „Argos" offensichtlich perfekt sein Opfer in der Hand hatte und keinerlei Fehler machte. Alle seine Opfer hatten nicht den Hauch einer Chance. Das Resümee, das Bernhard zog, war die Erkenntnis, dass die akribischen Vorbereitungen vor der Tat und das Berücksichtigen aller Eventualitäten während der Tat das Wichtigste für diesen grausamen Serienmörder waren. Bernhard war nach den anfänglichen Zweifeln nun fest davon überzeugt, dass er das auch könnte.

Er zeichnete sich auf einem DIN-A4-Zeichenblock eine Art Mindmap auf. Darauf hielt er stichwortartig fest, was alles zu einem perfekten Mord gehört. Vom Ausspähen und Entführen des Opfers, über dessen sichere Unterbringung und lebensnotwendige Versorgung mit Luft, Wasser, Nahrung, bis hin zum eigentlichen Tötungsakt.

Während er alle aus seiner Sicht nötigen Aspekte zu Papier brachte, schlug er auch immer wieder in den verschiedenen Kapiteln von „Argos erwacht" und „Argos – Reloaded" nach, um die Vorbereitungen der Romanfigur „Alex" mit seinen eigenen Notizen abzugleichen.

So entstand eine baumartige Zeichnung, die viele Details enthielt und damit den kompletten „Workflow" bis hin zum Mord und Entsorgen der Leiche darstellte. In den gängigen Hollywood-Filmen in denen eine Entführung und ein daran anschließender Mord vorkommt, werden üblicherweise bestimmte Aspekte ausgeblendet.

Zum Beispiel, dass das Opfer ganz archaische Bedürfnisse wie Wasserlassen oder den Drang nach Stuhlgang hat. Schließlich passt so etwas nicht in einen Hollywood-Thriller – das würde wohl nicht den Geschmack des Massenpublikums treffen. Doch in der Realität sind die Grundbedürfnisse eines Menschen sehr real. Und schließlich plante Bernhard einen Mord in der Realität und nicht fiktiv. Es war ihm ernst, bitterernst.

Als er bemerkte, dass er seine Lippen aufeinandergepresst und seine Stirn in Falten gelegt hatte, legte er erschrocken den Zeichenblock weg. Alleine das Nachdenken über die Details der möglichen Tat und das Aufzeichnen der einzelnen Aspekte eines Mordes hatte ihn immer mehr angespannt sein lassen. Über seine Lippen sprudelten immer mehr seiner selbst kreierten Worte:"Doh-lauder, Gatzki!, Quwawa-uhle,…"

Wie wird es sich wohl anfühlen, wenn er seine Pläne in die Tat umsetzen wird? Was, wenn dann alles ganz anders wäre, wenn er plötzlich von Gefühlen übermannt würde? Wo er doch nur wenig intensive Gefühle empfinden konnte. Würden stärkere Gefühle aufkommen, wie Angst oder gar Panik?

In seinem bisherigen Leben biss er sich in Stresssituationen auf seine Zunge, solange bis es genügend schmerzte. Dann war er wieder mehr im Kopf als bei den Gefühlen. Solche Situationen hatte er zumindest beruflich noch nicht allzu viele, da das Beamten-Dasein üblicherweise eher beschauliche Abläufe beinhaltete.

Im Privatleben jedoch häuften sich in letzter Zeit Situationen, die er nur noch durch einen Biss auf seine Zunge beherrschen konnte. Es hing fast immer mit einer Frau zusammen. Sobald er eine attraktive Frau sah, wurde ihm heiß und er errötete deutlich sichtbar am Kopf und Hals. Dass dann auch das Stakkato der inneren Stimme begann, war unausweichlich: „Gatzki! Doh-lauder! Quwawah-uhle!"

Es begann immer erst fast lautlos in seinem Kopf. Wurde dann irgendwann von seinen Stimmbändern und Lippen leise zu scheinbar sinnlosen Worten geformt und - je länger der Spannungszustand andauerte - immer lauter und lauter. Ab einer bestimmten Lautstärke vernahmen es die Frauen und wandten sich angewidert ab.

Erst ein beherzter Biss in seine Zunge stoppte das Stimmengewirr in Bernhards Kopf und spätestens das Blut seiner eigenen Bissverletzung brachte auch seine für andere Menschen hörbaren Laute zum Verstummen.

8. Eine wirklich verschworene Gemeinschaft

Mit einem Mal war Thorsten Schneiders kriminalistischer Spürsinn geweckt (weswegen er sich schließlich ursprünglich für ein Praktikum bei der Polizei beworben hatte)! „Einer von uns" – das hörte sich nach einer verschworenen Gemeinschaft an. So wie ein Polizist einen anderen Polizisten niemals „hinhängen" würde.

Das ungeschriebene Gesetz der Polizistenehre und Solidarität untereinander. Wer dieses Gesetz nicht einhielt, galt als Verräter. Deswegen sind unter den Beamten im öffentlichen und staatlichen Dienst einige interne Abteilungen besonders verhasst. Darunter die interne Ermittlung und die Revision.

Thorsten gab in seine Internet-Suchmaschine alle möglichen Namens-Kombinationen von „Peter-Josef Mayer" ein, fand jedoch nichts Passendes.

Trotz Millionen von Suchergebnissen, die die Suchmaschine ausspuckte. Schließlich ist „Mayer, Mair, Meier, …" ein äußerst gängiger Name. Auch die Kombination „Mayer" und „Kommissar" lieferte nichts Sinnvolles.

Zumindest wusste Thorsten, dass er es mit einer internen Kriminalpolizeiermittlung zu tun hatte. Es war nichts nach außen gedrungen, nichts zu finden im „Netz das nichts vergisst". Er legte die Akte auf den Schreibtisch und öffnete den Aktendeckel.

Wie von den anderen Akten gewohnt, die er sich bereits vorher angesehen hatte, lag obenauf eine Art Inhaltsverzeichnis. Daraus konnte man die Gliederung der Akte ersehen und vor allem das Aktenzeichen der zum Fall gehörenden Verwahrstücke, oder in Polizeisprache: den Asservaten.

Die würde sich Thorsten im Nachgang ansehen, falls es nach dem Aktenstudium noch nötig sein sollte. Zuerst wollte er mit dem Lesen der Akte beginnen, um vielleicht später die zugehörigen Gegenstände zum Fall „Kriminalkommissar Peter-Josef Mayer" besser verstehen zu können.

Soweit es mit all den geschwärzten Stellen in der Akte möglich war, versuchte Thorsten den Inhalt der Akte mehr zu erraten, als wirklich zu lesen. Er kombinierte die nicht geschwärzten Textpassagen und manchmal auch nur einzelne Wörter, die noch lesbar waren.

Dabei stellte sich ihm zwar ein lückenhaftes Bild des Vorgangs dar, der damals zum Tod des Kommissars Peter-Josef Mayer führte, aber trotzdem den wahren Geschehnissen von damals einigermaßen nahekam.

„Also", begann Thorsten halblaut aus der Akte vorzulesen, „der Kommissar kam durch die Hand eines Mörders ums Leben, der das Vorgehen eines damals prominenten Serienmörders zu kopieren, nachzuahmen versuchte. Der Mörder Mayers wurde, nach dem Auffinden der sterblichen Überreste des hochdekorierten Kriminalbeamten, durch Spezialeinsatzkräfte bei der Festnahme in Notwehr erschossen". So stand es zumindest in der Akte.

Was aber hier auch stand, war: der Serienmörder, der ursächlich für den Mord am Kriminalbeamten P. J. Mayer mitschuldig sein könnte, sitzt vermutlich für immer in der forensischen Psychiatrie in München ein. Auch im Fall des Serienmörders war der Kommissar der führende Ermittler gewesen.

Könnte es also sein, dass der Kommissar nur einen Teil aufgeklärt hatte? Könnte es gar sein, dass er umsonst gestorben ist, da sich der Hauptschuldige dem Gefängnis durch seine psychische Erkrankung entzogen hatte und dadurch weitere vom Serienkiller gefangengehaltene Opfer nicht gefunden werden konnten? Ist die Akte vielleicht wegen dieser Brisanz als „Streng vertraulich/Geheim" gekennzeichnet worden?"

Das Vorbild des tatsächlichen Mörders war zur damaligen Zeit ganz prominent auf den Titelseiten der Münchner Boulevardzeitungen. Der Serienmörder Alexander Vogel mit seinem Aliasnamen „Argos", wie Thorsten aus originalen Zeitungsausschnitten in der Akte erfuhr.

Die Presse gab Alexander Vogel den Namen „Argos", denn in der griechischen Mythologie war Argos ein riesiges Ungeheuer mit zahllosen Augen, mit denen er in alle Richtungen schauen konnte und selbst im Schlaf nie alle Augen schloss.

Somit lag es nahe, einen Serienmörder wie Alexander Vogel, der alle Eventualitäten bei seinen mörderischen Taten durchweg vorhersah, als „Argos" mit den tausend Augen zu bezeichnen.

Außerdem war der Wiedererkennungswert dieses Aliasnamens mitentscheidend für die damals enorm hohe Anzahl der verkauften Zeitungen. Viel besser, als der nur durchschnittliche Name „Alexander Vogel".

Dass auch der perfekte Mord, oder besser: die Serie der perfekten Morde durch „Argos" für ihn nicht auf Dauer befriedigend waren, zeigte sich darin, dass er sich schließlich irgendwann selbst der Polizei stellte.

Was sowohl den damals mit dem Fall betrauten Kommissar P. J. Meier, als auch die gesamte Kriminalpolizei bis auf die Knochen blamierte. „Münchner Polizei unfähig", „Hochgelobter Kommissar P. J. Meier hat versagt", so titelten damals die lokalen Münchner Gazetten.

Als Thorsten auch den rückseitigen Aktendeckel betrachtete, stand darauf von Hand geschrieben: „Akte geschlossen am 16.04.XXXX".

Auch hier waren die Jahreszahlen entfernt worden. Aufgrund der Tatsache, dass die Akte vermutlich schon etliche Jahre in der Kartonkiste hier im Polizeiarchiv lagerte und auf ihre Einsortierung wartete, schloss Thorsten, dass die Akte wohl bereits vor längerer Zeit endgültig geschlossen worden sein musste. Vielleicht vor Jahren oder gar Jahrzehnten?

Der für den Tod des Kommissars zumindest „moralisch" mitverantwortliche Serienmörder Alexander Vogel war vermutlich schon längst in der psychiatrischen Anstalt verstorben, dachte Thorsten und wollte die „Streng vertraulich/Geheim"-Akte von P. J. Mayer alphabetisch korrekt im passenden Archivregal einordnen.

„Halt, nein!", rief ein für Thorsten unbemerkt hinzugekommener Polizeibeamter. Kurz zuckte Thorsten Schneider zusammen, da er die meiste Zeit alleine hier unten verbrachte und nicht mit einem weiteren Polizeikollegen rechnete.

„Sie müssen Akten, deren Jahresdatum ausradiert, entfernt oder geschwärzt wurde, entsorgen. Hat Ihnen das niemand gesagt? Typisch Praktikant! Typisch Anfänger! Die halten einen doch nur auf und kosten am Ende nur unsere Nerven! Wenn es nach mir ginge, würde ich auf solche Anfänger liebend gerne verzichten! Aber mich frägt ja leider niemand", sagte der Polizist etwas säuerlich in Anbetracht des verunsicherten jungen Polizei-Praktikanten.

Folgsam und etwas eingeschüchtert steckte Thorsten die Akte des verstorbenen Kommissars P. J. Mayer in den großen Reißwolf und sprach dazu: „Goodbye, Herr Kommissar Mayer! It's all over now, baby blue! Von Ihnen wird nichts zurückbleiben, lieber Piii-Jayyyy; nicht mal die Erinnerung. Denn mittlerweile sind alle am Fall Beteiligten tot!"

Dies war ein fataler Trugschluss, wie sich erst viel später herausstellen sollte.

9. Bernhards erste Diagnose

Patientenkarte Nummer 807 aus der psychiatrischen Praxis von Dr.
med. Rudolf Bergheimer, Facharzt für Kinderpsychiatrie und -
Psychotherapie:
Bernhard Bauer, geboren am 13. Januar 1962, Diagnose: F.60.1
Schizoide Persönlichkeitsstörung. Therapie: Medikamentös, Quarcal
500mg 1-0-1, keine Krankheitseinsicht, Therapieabbruch im Alter
von neun Jahren.

Als Bernhard Bauer noch ein Kind war, wurden seine Eltern bereits kurz nach seiner Einschulung zu einem Elterngespräch gebeten. Dies war insofern ungewöhnlich, als dass ein Lehrer zur damaligen Zeit verhaltensauffällige Schüler üblicherweise erst bei einer erheblichen Gefährdung der Versetzung in die nächste Klasse intensiv in den Fokus nahm.

Ein so frühes Elterngespräch, bereits am Anfang der ersten Klasse, war daher außergewöhnlich. Es lag wohl auch daran, dass Bernhards Schule damals an einem Modellprojekt der Staatsregierung teilnahm, in dem die Sinnhaftigkeit des Einsatzes von sogenannten „Schulpsychologen" erprobt wurde. Daher waren im Vorfeld bereits alle Grundschullehrer jener Schule zum Thema sensibilisiert und geschult worden.

Da in den späten 60er-Jahren das Fach Psychologie in der Ausbildung der Lehrer noch eher stiefmütterlich behandelt wurde, überreagierten manche Lehrer, indem sie jeden Schüler, der in ihren Augen in irgendeiner Weise verhaltensauffällig erschien, an den Schulpsychologen meldeten. Schließlich wollte man nichts falsch machen, gerade jetzt wo das Modellprojekt in dieser Schule lief.

Bernhards Eltern erschraken zuerst, als sie den Brief der Schule mit der Überschrift „Einladung zum Elterngespräch im Rahmen des Modellprojekts Schulpsychologe" in Händen hielten. Beide dachten, dass Bernhard etwas Schlimmes angestellt hätte und nahmen ihn ins elterliche Kreuzverhör.

Der Erstklässler war sich keiner Schuld bewusst und konnte trotz des Fragen-Kreuzfeuers durch seine Eltern nichts beitragen. Er verstummte eher immer mehr und brach irgendwann in Tränen aus. „Was ist nicht richtig mit mir, was ist falsch an mir?", fragte er sich immer und immer wieder.

Als Bernhard zusammen mit seinen Eltern zum Termin erschien, hatte er vorab viele meist sehr strenge Anweisungen mit dazugehörigen Drohungen seiner Eltern erhalten, die den Zweck hatten, dass Bernhard sich „anständig aufführen soll", wie seine Eltern es ausdrückten. „Antworte nur, wenn du etwas gefragt wirst, sonst setzt es was!", „Sei brav und folge den Anweisungen der Lehrer, sonst schmeißen die dich von der Schule!", waren nur einige dieser ernst gemeinten Drohungen.

Total eingeschüchtert von den vorausgegangenen Drohungen seiner Eltern, war der introvertierte Junge noch mehr in sich gekehrt als sonst. Als Bernhards Vater an die Tür des Elternsprechzimmers klopfte, war es für Bernhard, als ob sich nun der Höllenschlund auftun würde. Er nässte augenblicklich ein.

„Guten Tag Familie Bauer, hallo Bernhard", begrüßte sie Bernhards Klassenlehrerin Frau Stoffel freundlich. „Ich darf ihnen auch gleich Herrn Doktor Bergheimer, unseren Schulpsychologen, vorstellen", fuhr sie fort. Dann erklärte sie, nicht ohne einen gewissen Stolz, das Modellprojekt, für das ihre Schule ausgewählt worden war. Niemand, außer Bernhard selbst, bemerkte seine vom Urin feuchte Hose.

Bernhards Vater hatte nur selektiv die Worte „Psychologe" und „Doktor" gehört und sofort sein Urteil gefällt und dachte: „Mein Sohn muss psychisch krank sein – welch eine Schande für unsere Familie! Wenn wir wieder zu Hause sind, setzt es eine Tracht Prügel!"

Nach dem durchaus freundlichen Austausch von diversen Gesprächsfloskeln zwischen den Erwachsenen, wurde Bernhard aus dem Zimmer geschickt, da es nun zur Sache gehen sollte. Die „Sache" war Bernhard.

Das was nun besprochen werden sollte, war laut dem Schulpsychologen „nichts für Kinderohren", wie er sich ausdrückte. Bernhard sollte auf den Pausenhof zum Spielen gehen, was er auch sofort tat. Er fühlte sich um einiges erleichtert, denn er stand nun kurzfristig nicht mehr direkt unter der strengen Beobachtung durch die Erwachsenen.

Dass er aufgrund der vorab maschinengewehrartigen Beschimpfungen durch seine Eltern eingenässt hatte, war zwar auf die eine oder andere Art auch eine Erleichterung, jedoch hatte dies eben keiner der Anwesenden bemerkt. Auch der Psychologe nicht.

Als Frau Stoffel begann, das auffällige Verhalten Bernhards zu beschreiben, war sie erst etwas unsicher, welche Worte sie wählen sollte. Schließlich hatte sie die Eltern ihres Schülers erst einmal zuvor am Einschulungstag gesehen. Und da beide Eltern einen eher ungebildeten und tendenziell gefühlsarmen Eindruck machten, wollte sie vor allem darauf achten, dass Bernhard nach dem Elterngespräch nicht aufgrund falsch verstandener elterlicher Erziehungsmaßnahmen etwas „ausbaden" musste. Diese Befürchtung stand im Raum, da vor allem der Vater sehr impulsiv wirkte.

Und doch kam sie nicht umhin, konkrete Beispiele von Bernhards Verhaltensauffälligkeiten zu schildern. Deswegen waren sie ja zusammengekommen. Frau Stoffel erzählte von der Introvertiertheit und dem fehlenden Selbstbewusstsein ihres Schülers und tastete sich damit inhaltlich damit langsam an die wirklich gravierenden Vorfälle heran.

Dass er keine Freundschaften knüpfen könne, dass niemand neben ihm sitzen möchte, dass er meist tagträumt, waren weitere eher harmlos erscheinende Verhaltensweisen, so wie sie bei Erstklässlern gerade am Anfang des Schuljahres durchaus vereinzelt vorkommen können. Doch so geballt, wie bei Bernhard, hatte sie das in all den Jahren Schuldienst noch nicht erlebt.

Was wie Betroffenheit bei beiden Elternteilen aussah, waren in Wahrheit Gefühle wie Jähzorn und Wut. Für den Vater war klar, dass er seinen missratenen Sohn zu Hause „windelweich" prügeln würde. Es war schließlich nicht das erste Mal, dass ihm sein Sohn „Kummer" bereitete und um „Prügel bettelte", wie sein Vater sich auszudrücken pflegte.

Das sprach er natürlich nicht aus, sondern behielt dies gegenüber der Lehrerin und dem Arzt für sich. Nur gegenüber seiner ihm hörigen Frau würde er sich im Nachgang zu diesem Gespräch sehr kurz austauschen: „Lederriemen, oder Gerte?".

Als die Lehrerin auf die krassesten Auffälligkeiten zu sprechen kam, merkte der Vater, dass er mit den Zähnen malmte und knirschte vor Wut, was der Psychologe sehr wohl wahrnahm, jedoch nicht kommentierte.

Bernhards Klassenlehrerin Frau Stoffel erzählte nun vom eigentlichen Anlass des Elterngespräches: „Bernhard sammelt ungewöhnliche Tiere, wie Sie sicher wissen. Erst wunderte ich mich, dass er sich in den Pausen meist in der Nähe unseres Lehr- Komposts für den Biologieunterricht aufhielt. Doch dann konnte ich sehen, dass er aus dem Kompost die Regenwürmer herauspuhlte und in ein kleines transparentes Kunststoff-Döschen steckte, das er zum Pausenende in der Hosentasche verschwinden ließ. Manchmal waren es auch Spinnen, deren er habhaft wurde. Im Krautgarten der Schule hinter dem Kompost gibt es auch Kreuzspinnen. Auch diese fing er mit einem kleinen Zweig ein und streifte sie am Rand seines Döschens ab, um dann den Deckel zu schließen".

Der zuvor bereits angespannte Gesichtsausdruck der Eltern drückte mittlerweile Ekel und Erstaunen zugleich aus. „Das bisher Geschilderte mag jetzt vielleicht bizarr klingen, aber mit einer großen Portion Toleranz könnte man sagen, dass Kinder eben einfach neugierig sind und ihnen bei manchen Dingen das Ekelgefühl noch fehlt. Doch was ich dann beobachten musste, hatte mit altersgerechter Entwicklung wenig zu tun".

Dann fuhr sie fort: „Ihr Sohn befindet sich ja in der Nachmittagsbetreuung, die, je nach den verfügbaren Räumlichkeiten, auch ab und zu im Physiksaal stattfindet. Meist betreut nur ein Lehrer bis zu fünfzig Kinder, daher ist zwar eine Aufsicht gewährleistet, aber natürlich keine intensive Betreuung. Bernhard hatte sich einen Sitzplatz ganz oben im Physiksaal gesucht und gab vor Hausaufgaben zu machen. Was er aber wirklich tat, fiel der Aufsichtskraft erst auf, als feine Rauchschwaden aus der Richtung seines Sitzplatzes aufstiegen".

„Sie müssen wissen, dass im Physiksaal an jedem Platz Steckdosen angebracht sind, für Versuche in Physik von den oberen Klassen. An den Wänden hängen diverse Kabel für Physik-Versuche und Klammern zur Fixierung der zu untersuchenden Objekte. Bernhard hatte eine Kreuzspinne mit den Klammern so auf dem Tischchen vor seinem Sitzplatz fixiert, dass die Spinne rücklings lag und ihre Beine gespreizt und fest fixiert waren. Dann nahm er die Kabel von der Wand, steckte zwei davon in ein jedes der Löcher der Steckdose und begann damit, der Spinne bei lebendigem Leib mit zweihundertzwanzig Volt den Bauch zu öffnen. Die Gedärme und Innereien der Spinne quollen heraus und es stieg Rauch von der verbrannten Haut und den Gedärmen auf".

Nach einer kurzen Pause, in der die Eltern vor Scham erröteten, sprach Frau Stoffel weiter: „Sie können sich den Schrecken und das Entsetzen der Aufsichtskraft vorstellen, als diese am Platz ihres Sohnes ankam. Schrecken, denn da hantierte ein kleiner Junge mit 220-Volt aus der Steckdose. Hätte er auch nur versehentlich die nicht isolierten Stecker des Kabels berührt, wäre er wohl sofort tot gewesen. Und dann das Entsetzen durch die große fette Kreuzspinne, deren Gedärme offen lagen".

Frau Stoffel räusperte sich, erzählte jedoch mit einer festen Stimme weiter: „Alles was er dazu gesagt hatte, war in etwa, dass er nur wissen wollte, wie so eine Spinne innen aussieht. Dass er das ohne jegliche Gefühlsregung, ohne Mitgefühl für die lebendig aufgeschnittene Kreatur sagte, ist für meine Begriffe das eigentlich Schlimmste. Schüler ab der ersten Klasse können normalerweise durchaus unterscheiden, was andere Menschen oder eben auch Tiere spüren. Dass Ihr Sohn hier ein – gelinde gesagt – Defizit hat, ist für mich offenkundig".

Beide Eltern fühlten sich so geschockt durch die Aussagen der Lehrerin, dass sie nicht bemerkten, wie genau der Schulpsychologe sie beobachtete.

Frau Stoffel holte tief Luft und fuhr fort: „Dass dies kein einzelnes Vorkommnis war, möchte ich Ihnen an einem weiteren Beispiel verständlich machen. Ebenfalls in der Nachmittagsbetreuung tat Bernhard etwas, dass das fehlende Einfühlungsvermögen Ihres Sohnes nochmals auf andere Art und Weise zeigt. Er fühlte sich wohl unbeobachtet, als er seine mit Regenwürmern prall gefüllte Plastikdose hervorholte und einen dieser gefangenen Würmer auf den Tisch vor sich legte. Dann nahm er ein Lineal und köpfte den Wurm wie mit einer

Guillotine. Der Wurm war im Todeskampf, als Bernhard mit gefühlslosem Gesicht - so schilderte es die Aufsichtskraft - vom abgeschnittenen Kopf her das Lineal so auf den Rest des Wurmes drückte, dass der Wurm vom Ende her aufplatzen musste. Das wiederholte er mit mehreren Würmern, bis die Aufsichtskraft eingriff und weiteres unterband".

Der Schulpsychologe ergänzte: „Bernhard scheint es an so etwas wie Empathie und Interesse an dem Gegenüber, an seinen Mitschülern, zu mangeln oder gar ganz zu fehlen. Ihr Sohn trennt vermutlich seine Emotionen ab, oder schlimmstenfalls empfindet er gar keine Gefühle, wenn er anderen etwas antut. Und ich befürchte, dass das auch bei Menschen so sein könnte. Viele spätere „Täter" haben ihre „Karriere" damit begonnen, dass sie in ihrer Kindheit zuerst einfache Lebewesen, dann Haustiere gequält hatten. Bevor sie dann - meist als junge Erwachsene – zu schwereren Taten übergingen. Sie müssen dringend Ihren Sohn bei einem Kinderpsychologen vorstellen".

10.   Ein erster Versuch

Aus dem Internet erfuhr Bernhard, wie ein Ausweis eines Tierarztes aussah. Auf der Seite der Veterinärvereinigung war es sogar möglich ein Blankoformular als PDF-Datei herunterzuladen, das mit dem Verbandsstempel und der Unterschrift des Präsidenten der Veterinärvereinigung versehen war.

Bernhard lud die blanko Ausweisvorlage in ein Bildbearbeitungsprogramm auf seinem Laptop und entfernte den Schriftzug „ungültig/draft", der auf dem Original angebracht war. Dann ergänzte er noch die nötigen Formularfelder mit seinen Daten, druckte den Ausweis aus und unterschrieb ihn eigenhändig.

Mit einer von ihm erstellten Utensilien-Liste und dem gefälschten Veterinärausweis fuhr er zum Tierarzt-Großhandel im Münchner Industriegebiet „Euro-Industriepark". Dort erwarb er von diversen Spritzen, Skalpellen, Mullbinden, bis zu Chloroform und Amphetaminen, Tranquilizern und weiteren Tiermedikamenten alles, was er auf seiner Einkaufsliste notiert hatte.

Beim Bezahlen wurde er zwar nach seinem Tierarztausweis gefragt, den er auch kurz vorzeigte, zusammen mit dem Bargeld, das er geschickt größtenteils über dem Ausweis platzierte, so dass gerade noch der Veterinärstempel sichtbar war. Die Kassiererin warf nur einen flüchtigen Blick auf die Ecke mit dem Stempel und nahm das Bargeld ohne weitere Legitimitätsprüfung entgegen.

Als Bernhard das Gebäude des Veterinärgroßhandels verlassen hatte, sprach er leise zu sich: „Es geht bisher wirklich alles so einfach wie in den „Argos"-Büchern beschrieben! Gatzki! Gatzki! Gatzki!"

An diesem Abend fuhr Bernhard mit seinem Auto vor Hans-Peter
Bankgalls Büro im Industriegebiet und parkte es dort so, dass er das
erleuchtete, vorhanglose Bürofenster gut einsehen konnte. Hans-
Peters Umrisse zeichneten sich für den neugierigen Beobachter gut
sichtbar gegen die hellen Bürolampen ab. Mit seinem mitgebrachten
Feldstecher beobachtete Bernhard nun sein zukünftiges Opfer.
Sporadisch betrachtete er Hans-Peter immer wieder mal detaillierter,
zoomte sein zukünftiges Opfer mit dem Feldstecher heran, um etwaige
Eigenheiten oder mögliche wichtige Details zu erkennen.

Etwa gegen einundzwanzig Uhr verließ Herr Bankgall üblicherweise
sein Büro. „Zwanzig Uhr fünfundfünfzig", bemerkte Bernhard und
notierte sich die exakte Zeit. Nicht ohne dies in seinem geschlossenen
Fahrzeug mit einem deutlich hörbaren „Do-lauder!" und „Gatzki!" zu
kommentieren.

Er wiederholte das Ausspionieren an mehreren Abenden und war nach
einer Woche der Beobachtung, des detaillierten Notierens des
Bürozeitendes und aller Auffälligkeiten soweit: heute würde „es"
passieren.

Sein erstes Opfer würde ihm in die Hände fallen. „Das erste Opfer
vergisst man nie. Das ist eine Premiere!", würde ihm sein Mentor
„Argos" bestimmt gesagt haben, wenn er bei diesen aufregenden
Momenten dabei gewesen wäre.

Mit Kabelbindern und einer Plastiktüte, die ein in Chloroform
getränktes Tuch enthielt, platzierte er sich neben dem Hauseingang
von Hans-Peters Büro. Es war mittlerweile nach einundzwanzig Uhr und
das Licht im Büro war noch immer an.

Als Bernhard angespannt auf das Herauskommen seines ersten Opfers
aus dem Haus wartete, waren die Stimmen in seinem Kopf zu seiner

eigenen Überraschung noch moderat und leise: „Gaaaaahhhhhtzki, Quwah-wah-uhhhhle, Dohhhh-Lauder".

Er erinnerte sich schlagartig an eine krasse Szene des Stanley Kubrick Filmes „Uhrwerk Orange", bei der der Hauptdarsteller beim Verlassen eines Hauses eine Glasmilchflasche von seinen sogenannten Freunden ins Gesicht geschlagen bekam. Das Glas zerbarst und der Protagonist war vorübergehend blind; die Polizei konnte ihn deshalb ohne jegliche Gegenwehr festnehmen.

Heute würde es umgekehrt laufen, da war sich Bernhard sicher! Er würde dem auf den Bürgersteig tretenden Hans-Peter Bankgall statt einer zersplitternden Glasflasche ein mit Chloroform getränktes Tuch an Mund und Nase halten. Und keine Polizei würde etwas mitbekommen…

Und genau so lief es einige Sekunden später auch ab. Bernhards Opfer war schneller betäubt, als er es sich erträumt hatte. Die mitgeführten Kabelbinder fixierten Hans-Peters Hand- und Fußgelenke fast wie von alleine, so dass er nur noch zu Bernhards Auto gezogen und in dessen Kofferraum gehoben werden musste. Nach dem Schließen des Kofferraumdeckels mit einem sattem Schließgeräusch, sagte Bernhard: „Klappe zu, Affe tot. Zumindest bald. Do-lauder! Gatzki!"

11. Mehr Routine?

Da lag Bernhards Opfer nun mit dem Rücken auf einer handelsüblichen Massageliege. Fixiert mit Schnellspannriemen, die wie Krokodilmäuler die Bänder festhielten, die Bernhard um die Extremitäten seines Opfers gebunden hatte. Um auch die letzte Möglichkeit einer Bewegung seines Opfers zu unterbinden, waren dicke weiße Kabelbinder an den Hand- und Fußgelenken seines Opfers verzurrt. Derart festgezogen, dass sich diese Kunststoffriemen tief in die Haut eingegraben hatten.

Dass damit auch nur noch eine geringe Menge Blut in die Extremitäten befördert werden konnte, fiel Bernhard zuerst nicht auf. Er war so voller Angst und Aufregung, dass er die Kabelbinder lieber maximal anzog, bevor es auch nur im Geringsten eine Aussicht auf Lockerung oder gar der Befreiung seines Opfers hätte geben können.

Die Doppelgarage, in der sich Opfer und Täter befanden, war durch Akustikmatten schalldicht gemacht worden. Selbst die Garagendecke war mit Schalldämmung dick bestückt. Das Garagentor war nicht zu öffnen, denn auch hier hatte Bernhard alles schalldicht gemacht. Der einzige Zugang war die Garagen-Nebeneingangstüre, die er nach dem Betreten mit schweren Dämmmatten abdichtete.

Ein schalldichter Raum, der selbst im leeren Zustand Beklemmungen auslöste. Wie mochte sich ein Mensch darin fühlen, wenn er zusätzlich noch an jeglicher Bewegung gehindert war?

Sicher ist sicher, dachte Bernhard und zog die von Hand bereits sehr streng angezogenen Kabelbinder nochmal fester, indem er mit einer Kombizange die überstehenden Enden der Kabelbinder ruckartig noch um einiges fester zog. Er betrachtete die tief einschneidenden Fesseln aus Kunststoff, die teilweise so tief in die Haut und das Fleisch an den

Gelenken einschnitten, dass man die Bänder aus Kunststoff nur noch erahnen konnte.

Nach und nach wurde die Haut durch die Fixierung und damit auch durch das Abbinden der Gliedmaßen immer weißer. Mangels Durchblutung glich sich die Haut nach der abgebundenen Stelle immer mehr dem Weiß der Kabelbinder an. Vor der Abbindung bildete sich jeweils ein Blutstau. Die Haut wurde an diesen Stellen immer praller und röter.

Als Bernhard die unterschiedliche Färbung der Haut vor und hinter den Fesseln wahrnahm, erschrak er kurz und stieß scharf eine Kakophonie von künstlichen Wörtern aus: „Gatzki! Verdammt, Gatzki! Scheiße, Dolauder". Was, wenn sein Opfer durch die fehlende Durchblutung nichts mehr von dem spüren würde, was er gleich vorhatte zu tun?

Eigentlich wollte es Bernhard genauso durchdacht und perfekt angehen, wie der Titelheld aus „Argos erwacht". Durch die Gefahr des Absterbens der Gliedmaßen seines Opfers war Bernhard nun allerdings gezwungen schneller zu handeln, als er es ursprünglich geplant hatte. Er hasste das, denn dann kam er sich als laienhafter Versager und nicht als ebenbürtiger Held zu „Argos" vor. „Warum ist es in Büchern immer so scheinbar einfach Menschen zu quälen oder zu töten? Das ist wie in den Hollywood-Filmen, in denen der Held nie schlafen oder auf die Toilette muss", sagte Bernhard halblaut.

Er wog das Für und Wider des kurzzeitigen Lösens eines einzelnen Kabelbinders ab. Wie hoch war die Gefahr, dass sich sein Opfer dann zur Wehr setzen oder gar befreien könnte? Bernhard kam zu dem Schluss, dass ein einzelnes minderdurchblutetes Körperglied wohl nicht ausreichen würde, um ihn gefährden zu können. Doch sicherheitshalber legte er noch zusätzliche Schnellspanngurte, die breiter waren und nicht so stark einschnitten, um Beine und Arme seines Opfers.

Unter der Massageliege hatte Bernhard bereits im Rahmen seiner Vorbereitungen seinen umfangreichen stählernen Werkzeugkoffer platziert, so dass sein Opfer nicht sehen konnte, was wohl alles darin sein würde. Bernhard dachte einerseits, dass sein Opfer sich vollkommen auf seinen Schmerz konzentrieren sollte und nicht schon vorher erahnen durfte, was auf es zukommen würde.

Andererseits würde das Zeigen der zum Einsatz kommenden Werkzeuge höchstwahrscheinlich auch den Schrecken und die Angst des Opfers erhöhen. So wie Menschen Vorfreude erleben können, können sie doch auch „Vor"-Angst empfinden, oder? Bernhard entschloss sich zu einem Kompromiss.

Er würde seinem Opfer, immer kurz vor dem Einsatz des jeweiligen Werkzeugs, dieses zeigen, aber die restlichen Folterinstrumente für sein Opfer nicht einsehbar im Werkzeugkasten lassen. Schon wieder eine Änderung in meinem Plan, Quwahwa-uhle!, dachte Bernhard.

Und weiter: „Wenn ich von meinem ursprünglichen Plan zu weit abgehe, bin ich nicht so souverän, wie mein Vorbild der Serienmörder „Argos". Und ich bin damit fehleranfälliger, verdammt und Gatzki! Jegliche Planänderung birgt ein erhöhtes Risiko und bringt gegenüber meiner ursprünglichen und langen durchdachten Vorgehensweise eine erhöhte Wahrscheinlichkeit des Scheiterns mit sich, Do-lauder! Gatzki!"

Sein Opfer war so extrem fixiert, dass es sich überhaupt nicht mehr bewegen konnte. Selbst der Kopf war mit einem Lederriemen über der Stirn brutal festgezurrt. Im Mund steckte ein Knebel, der durch ein dickes Klebeband über seinem Mund und um seinen Nacken jeglichen Befreiungsversuch im Keim erstickte. Das Klebeband war auch um Kinn und oberen Kopf gebunden, so dass der Mund nicht geöffnet werden konnte. Nur die Augen, Augenlider und die kleinen Gesichtsmuskeln konnten noch bewegt werden.

Bernhard überkam ein Gefühl der Macht, des absoluten Beherrschens. Jetzt war der Augenblick gekommen, auf den er so lange hin gefiebert hatte. Er sprach zu seinem Opfer: „Ich werde dir intensive Gefühle verschaffen. Do-lauder! Intensiver, als alles, was du in deinem bisherigen Leben gefühlt hast, Quwahwah-uhle nochmal! Du wirst mir sehr dankbar sein dafür, wirst schon noch sehen. Ich möchte, dass du alles verstehst, was ich mit dir jetzt mache. Daher erkläre ich dir immer vor dem jeweiligen „Eingriff", was ich mit dir vorhabe. Gatzki! Gatzki! Gatzki!"

„Du darfst gerne deine Augen öffnen und mich ansehen. Falls du vielleicht denken solltest, dass du mit geschlossenen Augen eine Chance haben würdest, nach den „Eingriffen" lebend davon zu kommen, weil du mich nicht identifizieren könntest, so irrst du. Sterben wirst du so oder so. Oh, Gatzki nochmal! Also öffne deine Augen, sonst schneide ich dir ganz einfach deine Augenlider ab. Und dann siehst du vor lauter Blut sowieso nichts mehr. Wenn du deine Augenlider behalten möchtest, dann öffne sie und schau deinem Peiniger ins Gesicht! Gatzki! „Argos" ist mächtig! Quwahwah-uhle!"

Sein Opfer öffnete langsam und vorsichtig die bisher fest zusammengekniffenen Augenlider und sah Bernhard misstrauisch in die Augen. Sofort begann das Opfer, trotz des mit Klebeband umwickelten Mundes und der fast bewegungsunfähigen Lippen, unverständlich aber flehentlich zu stammeln, soweit es eben möglich war mit einem mit Klebeband fixierten Mund.

„Gut, dass du deine Augen geöffnet hast. Gut, dass du Töne von dir gibst. Dann weiß ich, dass du – noch - lebst. Gatzki!", sagte Bernhard fies lächelnd.

Bernhards Metamorphose von Dr. Jeckyll zu Mister Hyde war damit erstmals vollzogen. Er hatte seine „Unschuld" verloren und seine Imago, seine Art, seine Ausprägung von „Argos" angenommen. Ähnlich wie im alten Rom Leichen mit einer portraitartigen Wachsmaske ausgestellt wurden, so mutierte Bernhard nun vollends zu einer archaischen Figur, mit Gesichtszügen, die wie wächsern erstarrt wirkten. Eine Fratze, die nur noch Böses kennt.

12.   Bernhards zweite Diagnose

```
Patientenkarte Nummer 1313 aus der psychiatrischen Praxis von Dr.
med. Eva Widmann-Meigel, Fachärztin für Psychiatrie und
Psychotherapie, vereidigte Amtsärztin und beglaubigte Gutacherin:
Bernhard Bauer, geboren am 13. Januar 1962, Diagnose: F.22.0
Wahnhafte Störung. Psychopathologie: Verfolgungswahn, gelegentlich
akustische Halluzinationen (Stimmen hören), Dauer > 3 Monate
Therapie: Antipsychotika, Haloperidol 8 mg p.o. vor dem
Schlafengehen
```

Bernhard Bauer hatte selbst einmal ein besonders einschneidendes Erlebnis gehabt. Damals, in der „guten alten Zeit", die meist im Rückblick eher beschönigt oder gar idealisiert wird. Doch jenes Erlebnis war Bernhard durchaus in negativer Erinnerung, auch wenn es mittlerweile bald dreißig Jahre her war.

Er erzählte seinen Arbeitskollegen so gut wie nichts Privates, jedoch hatte er selbstverständlich eine Vergangenheit wie jeder am Amtsgericht. Er war in jungen Jahren sogar einmal verheiratet. Seine Frau hieß Dorothea, stammte aus der bayrischen Provinz. Die Ehe hielt bis zum „verflixten siebten Jahr".

Wenn er an den Grund des Scheiterns dieser Ehe dachte, kam sofort eine Welle von Emotionen in ihm hoch. Da er sonst kaum Emotionen spürte, deutete das auf eine tief sitzende traumatische Erfahrung hin.

„Gefühle haben keine Zeit – sie sind zeitlos", hatte er einmal irgendwo gehört. Egal ob es fünf, zehn, fünfzig Jahre her war: sobald man an bestimmte Ausnahmesituationen dachte, waren diese meist mit den dazugehörigen Gefühlen gekoppelt.

Egal ob das Gefühl Freude war, wie bei Bernhards achtzehnten Geburtstag, als er von einem Freund eine Fahrt mit dessen Motorrad als Geburtstagsgeschenk bekam. Oder eben Trauer und Verzweiflung, wie bei dem Auslöser der Scheidung. Was war es nun, das Bernhard bis heute noch als unerträglich empfand?

„Ich vertrage die Pille nicht mehr, mir fallen vermehrt Haare aus, ich habe schlechtes Nagelwachstum, Schlafbeschwerden und weitere Veränderungen an mir festgestellt. Wir müssen dringend anders verhüten", sagte Dorothea eines Tages zum damals gerade neunundzwanzigjährigen Bernhard.

Er nahm die Schilderung seiner Frau sehr ernst, denn er dachte, dass er sie lieben würde. Auch wenn er selbst kaum in der Lage war, tiefer gehende Gefühle zu spüren, so verhielt er sich gegenüber dem Umfeld möglichst gesellschaftskonform. Er verhielt sich eben nur so, als wäre er ein liebender Ehemann. Dabei empfand er in Wirklichkeit wenig bis nichts, keine emotionale Nähe zu seiner Ehefrau auf Grund seiner schizoiden Störung.

Beide sprachen über die damals möglichen Empfängnisverhütungsmethoden, die die Sterilisation von Frau oder Mann miteinschloss. Auf Grund des Argumentes seiner Frau, dass die Risiken des Eingriffs bei Frauen allgemein höher wären, als bei Männern, sagte Bernhard zu, über eine Sterilisation bei sich nachzudenken.

Er brauchte einige Tage und auch schlaflose Nächte, in denen er sich seiner Angst vor so einem Eingriff stellte. Er wusste, dass eine Sterilisation „nur" ein Routineeingriff wäre. Doch seine psychischen Widerstände waren enorm.

Schließlich würde an seinem „besten Stück" etwas durchtrennt. Er nannte das einmal süffisant-ironisch: „herumgeschnippelt". Doch die Ironie war nur aufgesetzt – er hatte wirklich große Angst vor so einem Eingriff. Letztlich sagte er seiner über alles geliebten Frau zu, dass er sich einen Termin beim Urologen geben lassen werde.

Die OP-Vorbesprechung war mittlerweile erfolgt, der OP-Termin stand fest. Am Tag der Operation war Bernhard sehr in sich gekehrt und voller Anspannung. In der urologischen Praxis wurde er von einer jungen und - wie er noch feststellen sollte - unerfahrenen Arzthelferin in den OP-Raum für ambulante Eingriffe geführt. Dort musste er sich ausziehen und nur mit einem OP-Hemd bekleidet auf eine Liege legen.

Angespannt wie Bernhard war, versuchte er sich dadurch zu beruhigen, indem er versuchte einen Punkt an der weißen Decke des OP-Raums zu fixieren. Als er jedoch einen eingetrockneten Blutspritzer an der Decke über seiner OP-Liege sah, beunruhigte ihn das noch ein wenig mehr.

Trotz der ersten Überraschung über den Fleck an der Decke entschloss er sich dazu, eben genau diesen Blutspritzer mit seinen Augen zu fixieren. Er war mittlerweile so sehr angespannt, dass er sich wie erstarrt fühlte. Seine bewusste Wahrnehmung fokussierte sich nur noch auf jenen roten Punkt an der Decke. Alles andere um ihn herum schaltete sein Bewusstsein aus. Sein Unterbewusstsein jedoch registrierte das darauffolgende Geschehen minutiös, was Bernhard erst viel später, Jahre später in Erinnerung kommen sollte.

„Klirr", tönte es an Bernhards Ohr. Doch er nahm es nicht mehr bewusst wahr, denn er war wie in einem Trancezustand aufgrund der sehr großen Angst vor dem bevorstehenden Eingriff an seinen Hoden und Samensträngen.

„Was hast Du gemacht?", rief scharf eine zweite Arzthelferin der Unerfahrenen zu. „Leg das sofort wieder in die sterile Lösung! Wenn das der Herr Doktor erfährt!"

Dass das Operationsskalpell der jungen Arzthelferin entglitten und auf den Boden des OP-Raumes gefallen war, teilte Bernhards Unterbewusstsein ihm erst Jahre später mit.

Psychologen vermuten, dass wir alles in jedem Augenblick unseres Lebens abspeichern. Jedoch meist nicht, vor allem nicht immer willentlich und sehr detailliert, abrufen können. Alles, was uns unsere Sinne in jeder Sekunde von der Umwelt übermitteln. Geräusche, Gerüche, Bilder, Temperaturempfinden, Berührungen, eigene Gefühle, bis hin zu Stimmungen anderer Menschen. Jede Sekunde, ein ganzes Leben lang.

Dann betrat ein gut gelaunter Urologe den OP-Raum, sprach in einem Monolog über die bevorstehenden OP-Schritte und sedierte Bernhard vom Nabel abwärts. Bernhard spannte mittlerweile alle Muskeln an, doch das schien den Operateur nicht im Geringsten zu stören; der verrichtete seine Arbeit unbeeindruckt. Da das Operationsgebiet nicht verspannt war, denn die Hoden haben keine Muskeln zum Anspannen, eröffnete der Arzt den Hodensack mit dem kontaminierten Skalpell.

Dass es mit multiresistenten Bakterien verunreinigt war, konnte er nicht wissen. Schließlich wollte die Arzthelferin keine Schelte oder Schlimmeres von Ihrem Arbeitgeber erhalten und hatte den für Bernhard äußerst folgenschweren Vorfall totgeschwiegen.

Nach dem beidseitigen Abbinden der Samenleiter, vernähte der Operateur den Hodensack wieder und verband diesen mit Mullbinden und Leukoplast. Danach schickte er seinen Patienten mit mittelstarken Schmerztabletten nach Hause, nicht ohne ihm mitzuteilen, dass die Operation sehr gut und routinemäßig abgelaufen sei. Hier irrte sich der Arzt leider gewaltig.

Während der ersten Tage nach der Operation hatte Bernhard bereits permanent Schmerzen an beiden Hoden. Erst dachte er, dass das nach so einem Eingriff an dieser intimsten Stelle eines Mannes wohl schmerzen muss. Als er zur ersten Nachsorge nach einer Woche sich wieder bei seinem Urologen vorstellte, relativierte dieser den Schmerz und gab seinem Patienten stärkere Schmerzmittel mit nach Hause.

Die Schmerzen wurden in den darauffolgenden Tagen immer unerträglicher, trotz der starken Schmerzmittel, die Bernhard einnahm. Seine Hoden waren mittlerweile auf Tennisballgröße angeschwollen und er konnte nur noch breitbeinig gehen. Weder der Arzt, der ihn operierte, noch das Aufsuchen eines weiteren Urologen brachte Linderung. So litt er über Wochen große Schmerzen und schlief nachts kaum mehr.

Seine Frau war leider wenig einfühlsam, was er nicht verstehen konnte. Denn gerade jetzt hätte er Beistand von ihr gebraucht. Schließlich hatte er das Risiko der Sterilisation an ihrer Stelle auf sich genommen. Und Bernhards stärkstes und tröstlichstes Argument war, dass er das alles doch aus Liebe zu ihr getan hatte. Und nun war sie so empathielos, so kalt zu ihm. Doch dazu stellte er seine Frau nicht zur Rede, denn er war zu sehr mit seinem eigenen alles überragenden Thema Schmerz beschäftigt.

„Hab dich nicht so", war noch das Harmloseste, was ihm seine Frau an den Kopf warf, wenn er wieder einmal nach einer schlaflosen Nacht und unter besonders heftigen Schmerzen um Verständnis bat.

Was Bernhard nicht wusste war, dass sich die Multiresistenten Keime im Hodensack befanden und explosionsartig vermehrten. Dadurch schwollen die Hoden an, der gesamte Körper versuchte gegen die Invasion dieser gefährlichen Bakterien anzukämpfen. Dauerschmerzen waren nur eine der Folgen.

Mehr und mehr spürte Bernhard in seinem Leid, dass sich seine Frau umso mehr zurückzog, je mehr und je länger er unter den Folgen der Infektion am männlichsten aller Organe litt. Dorothee schien geradezu angeekelt von Bernhard zu sein. Unbewusst entwickelte sich in seinen

Gedanken langsam, aber stetig ein negativer Glaubenssatz: „Ich bin alleine, wenn es darauf ankommt – man darf niemandem vertrauen".

Diesen Satz spürte er am Anfang eher, als dass seine Stimme im Kopf es aussprach. Bei jeder Ablehnung seiner Person durch seine Frau wurde jedoch diese Stimme in seinem Kopf immer hörbarer; allerdings nur für ihn.

Er sprach den Glaubenssatz nie laut aus, hörte ihn aber im Verlauf seiner Schmerzens-Odyssee immer lauter in seinem Kopf, bis er zu einer festen Überzeugung in seinem Wertekanon wurde. Bald fühlte er sich bei jeglicher Art der Ablehnung in seiner Überzeugung bestätigt – egal von wem diese kam.

In seiner absoluten Verzweiflung wandte er sich an die urologische Abteilung der Uniklinik München mit angeschlossener Schmerzambulanz, wo seiner Meinung nach die absoluten Koryphäen sein mussten. Die Ärzte dort empfahlen ihm, den Hodensack nochmals zu eröffnen und die Nerven an den empfindlichen Hoden zu veröden. „Stellen sie sich das so vor, als ob jemand mit dem Lötkolben ihre Nervenenden verbrennt", sagten die nicht gerade zimperlichen Urologen zu Bernhard damals.

Es dauerte noch einige Tage, bis er wirklich bereit war diesen Schritt zu gehen. Was hatte er noch zu verlieren? Schmerzen für immer, oder den letzten Strohhalm nehmen und nicht über das im Detail nachdenken, was die Urologen so derb beschrieben hatten?

Bernhards Glaubenssatz verfestigte sich durch seine Angst seine Gesundheit zu verlieren, vielleicht ein Leben lang Schmerzen zu haben und möglicherweise seine Frau zu verlieren (oder vielleicht schon verloren zu haben?) immer mehr. Aus seinem Glauben, wie die Welt sei, entwickelte sich eine sogenannte „Überwertige Idee". Dass dies die mögliche Vorstufe zu einem irreversiblen Wahn sein könnte, wusste Bernhard damals nicht. Noch reichten seine bisherigen traumatischen Erlebnisse dafür nicht aus.

Dann kam der Tag des Eingriffs. Bernhard dachte, dass die Wartezeit bis zum Operationstermin wohl das Schlimmste gewesen sein musste, als er liegend und nur mit einem weißen OP-Hemd bekleidet auf einer fahrbaren Krankenliege von einem Pfleger in den Operationssaal geschoben wurde; doch er irrte sich.

Er war angespannt und in sich gekehrt, wie seinerzeit bei der ambulanten Operation zur Sterilisation. Er wurde im Operationssaal aufgesetzt und der Anästhesist schob Bernhards OP-Hemd am Rücken zur Seite, um die Wirbel abzutasten, zwischen die er mit der Nadel der Betäubungsspritze eindringen wollte.

Der Arzt fragte gleichzeitig einfache Mathematikaufgaben, wie „Wieviel ist sieben plus drei?". Nachdem Bernhard diese lächerlich einfachen Aufgaben mit Bravour löste, stellte der Narkosearzt mit der einsatzbereiten Spritze in der Hand die eigentlich wichtige Frage hinter all den läppischen Aufgaben: „Kann es sein, dass Sie die Sedierungspille noch nicht erhalten haben?". „Pille? Welche Pille?", fragte Bernhard wie aus der Pistole geschossen. Plötzlich war er hellwach, aufmerksam und voller Angst, dass etwas schief gegangen war.

Sofort wurde ihm eine weiße Pille in den Mund geschoben, die er reflexartig schluckte. Da es etwas dauerte, bis die OP-Vorbereitungspille wirkte, bekam Bernhard noch vieles bei vollem Bewusstsein mit. Er hörte jedes Wort des hinter ihm agierenden Anästhesisten. Auch, dass das Setzen der Narkosespritze durch einen jungen Arzt in Ausbildung unter der Anleitung des erfahreneren Arztes durchgeführt werden sollte.

„Nein, das ist der falsche Wirbel! Tiefer! Nicht in den Wirbel oder das Rückenmark stechen! Bei einer Periduralanästhesie sticht man mit einer dünnen Nadel in einen Raum zwischen zwei Rückenmarkshäuten auf Höhe der Lendenwirbelsäule und legt einen feinen Plastikschlauch ein – haben Sie das denn wirklich noch nie gemacht?", hörte Bernhard die Narkoseärzte sprechen.

Gnädigerweise begann die leicht sedierende Wirkung der „weißen Pille", als der Arzt-„Lehrling" zum zweiten Versuch ansetzte. Bernhard spürte zuerst das Eindringen der Nadel in seinen Rücken, dann den kurzen Widerstand seiner Rückenmarkshäute. Als durch den an der Nadel befestigten Narkoseschlauch das Betäubungsmittel in seine Wirbelsäule eindrang, war sein Zustand dank der ihm sehr spät verabreichten „weißen Pille" bereits ähnlich dem eines Betrunkenen.

Bernhard war nun ab dem Bauchnabel abwärts wie gelähmt, spürte seinen Unterleib nicht mehr. Bei leichter Bewusstseinseinschränkung erlebte er nun den Eingriff. Er hörte die Stimmen der Chirurgen, der Urologen, des Anästhesisten, die OP-Schwestern wie durch Watte hindurch. Dabei war er sich nicht immer sicher, ob es wirklich menschliche Stimmen waren, oder ob es die ihm bekannte eine Stimme in seinem Kopf war.

Wahrscheinlich war es beides. Denn es war vermutlich die Stimme in seinem Kopf, die aus den Gesprächen der Ärzte und Schwestern neue Wörter und Sätze bildete.

So sagte einer der Ärzte zu einer OP-Schwester in etwa: „Gaby, geben sie ihm mehr Muskelrelaxantien", was Bernhard in seinem Kopf zu „Galaxko-Tante" verformte und permanent in seinen Gedanken wie ein Mantra wiederholte. Es war diese Situation aus Angst, Ausgeliefertsein und Hilflosigkeit, die diesen Effekt hervorrief. Sein Bewusstsein war zwar etwas gedämpft, aber das Unterbewusstsein kann bekanntlich nicht abgeschaltet werden. Weder durch Betäubung, noch beim Schlafen, oder gar pathologischer Bewusstlosigkeit.

Und das Unterbewusstsein war es, das die verfremdeten Wörter hervorbrachte. „Qwawa-uhle" oder „Do-lauder" waren die Wörter, die Bernhard meistens durch den Kopf gingen, wenn er Stress hatte. Doch nun schien sein Unterbewusstsein hypersensibel zu sein und andauernd neue Wörter zu produzieren.

Wenn Bernhard den Angst-Level auf einer Skala von Null bis zehn angeben hätte müssen, so hätte er damals beim Eingriff der Sterilisation vermutlich neun gesagt. Jetzt war er bei zehn angekommen. Eine weitere Steigerung der Angst durch weitere Traumata durfte einfach nicht mehr passieren. Doch es kam anders.

Wegen der Kanüle, die zwischen seinen Wirbelkörpern herausragte, saß er fast aufrecht auf der Operationsliege. Ab dem Nabel abwärts, verdeckte ihm ein grünes OP-Tuch die Sicht. Es lag auf seinem Bauch auf und war nach oben hin mit zwei Bändern fixiert, so dass er weder seinen Unterleib, noch die Operateure sehen konnte.

Plötzlich löste sich eines der oberen Bänder der OP-Tuch-Befestigung und das grüne Tuch hing wie ein Eselsohr herab. Damit hatte Bernhard freie Sicht auf einen Monitor, der mit dem Mikroskop gekoppelt war, das die Chirurgen zum Operieren nutzten.

Völlig gebannt sah er, wie das Skalpell angesetzt wurde und die ersten Tropfen Blut flossen. Er konnte seinen Blick nicht mehr abwenden, obwohl er doch eigentlich den Eingriff an seinen edelsten Teilen nicht sehen wollte. Als der Hodensack geöffnet war, sah Bernhard über den Umweg des Monitors, wie seine Hoden nach und nach links und rechts oberhalb der Leisten herausgeholt wurden und auf seinen Unterleib gelegt wurden.

Nun begannen seine Stimmen im Kopf immer mehr, immer heftiger und lauter zu werden. Die Wörter, die er in seinem Kopf hörte, wurden ebenso immer mehr und in immer schnellerer Folge. Ganze Sätze wurden in seinem Kopf hin und her geschleudert: „Du darfst niemandem je vertrauen! Hännskättle. Alle wollen dich nur verletzen! Satenghosn. Letztlich bist du ja doch immer alleine! Wattatschäsn. Lass alle Hoffnung fahren! Qwawauhle! Do-lauder! Do-lauder! Do-lauder! ...“

Das Stakkato der Stimmen wurde unerträglich. Äußerlich merkt Bernhard niemand etwas an. Bis auf einen Anstieg des Blutdrucks, der sofort vom Anästhesisten mit einer Gabe von Blutdrucksenkern über die Rückenmarkskanüle gedämpft wurde. In Bernhards Kopf spielte sich jedoch zeitgleich „die Hölle ab“.

Je länger er den Chirurgen zusah, desto dynamischer und lauter hörten sich die Stimmen an. Diese Kakophonie war ein hartes Kreischen, ein unangenehmes Schreien und dazu extrem aggressiv.

Als die Chirurgen mit einer Art Lötkolben begannen die Nerven an den Hoden zu veröden, stieg Rauch auf. Der Operateur sagte zu dem Arzt-„Lehrling“ emotionslos: „Möchten Sie auch mal löten, Herr Arzt in Ausbildung?“.

Dann übernahm der ungeschickte Möchtegern-Arzt das Verödungs-Instrument und versuchte sein Glück. Bernhard war durch die „Weiße Pille“ alles egal geworden, daher protestierte er nicht. Er sah über den Monitor exakt dasselbe wie der Operateur mit seiner Mikroskop-Brille, da diese das Bild in Echtzeit und in Farbe dorthin übertrug.

Das waren SEINE Hoden, die da gerade verlötet, verbrannt, verödet, verschmort wurden. In dieser äußerst unerträglichen Situation brannte sich in Bernhards Gehirn ein für alle Mal ein: „Du darfst niemanden vertrauen!". Diese „Überwertige Idee" wurde in diesem Augenblick zum irreversiblen psychiatrischen Symptom des Wahns.

Nach einer gefühlten Unendlichkeit unter dem Messer und mit dem Katheter im Rücken, mit unsicheren medizinischen Anfängern, die Bernhards männlichster Körperstelle Verletzungen bei fast vollem Bewusstsein zufügten, war die Schwelle des für ihn erträglichen weit überreizt. Der Zeiger der Angst-Skala hatte die zehn bei weitem überschritten.

Apathisch sah Bernhard dem Zurückschieben seiner Hoden und dem Zunähen der beiden Seiten des Hodensackes zu. Als eine OP-Schwester das verrutschte grüne Laken bemerkte, befestigte sie es peinlich berührt wieder so, dass der Patient nun nichts mehr sehen konnte, was an seinem Unterleib gemacht wurde.

Der durch die extremen körperlichen Schmerzerfahrungen ursächlich entstandene paranoide Wahn, zusätzlich zu seiner schizoiden Persönlichkeitsstörung, führten zu einer brisanten Kombination.

Die beiden psychiatrischen Diagnosen verschwieg Bernhard damals bei seiner Bewerbung um eine Beamtenstelle natürlich. Denn er wäre nie in den Staatsdienst aufgenommen worden, hätte er auch nur eine dieser tiefgreifenden Diagnosen angegeben. Die Kombination aus einer diagnostizierten schizoiden Persönlichkeitsstörung und zusätzlich einem paranoiden Wahn, maximierten Bernhards Krankheitsbild.

13. Amphetamine und Tranquilizer

Hans-Peter Bankgall war klar, dass er sich in den Händen eines Wahnsinnigen befand. Seine Gedanken rasten. Er suchte verzweifelt nach einer Möglichkeit hier wegzukommen, zu entkommen.

Doch durch die komplette körperliche Fixierung aller Gliedmaßen, des Rumpfes und sogar des Kopfes, war es unmöglich, auch nur wenig mehr als einzelne Fingerglieder oder Zehen zu bewegen. Außerdem fuhr ihm der Schmerz der fast abgebundenen Körperteile scharf durch seinen Körper.

Bernhard beugte sich über Hans-Peter Bankgalls Kopf, so dass dieser ihn gut sehen konnte, zeigte ihm eine lange Nadel und sprach: „Wir werden jetzt zusammen erleben, wie es ist, wenn diese Nadel in deine Haut und noch tiefer in dein Gewebe eindringt. Der Spritzenkörper ist mit flüssigem Ritalin und Testosteron gefüllt. Laut dem Beipackzettel sollte die Menge reichen, einen ausgewachsenen Stier in der Arena zu maximaler Aggression und sexueller Erregung zu bringen. Wenn Du Glück hast bekommst Du dabei eine gewaltige Erektion, so wie ich gerade! Qu-wahwah-uhle-uhle!"

Das energische „Nein" Hans-Peters war trotz der Fixierung und Knebelung zu vernehmen, interessierte aber Bernhard kein bisschen. Er setzte die Spritze in den Oberarmmuskel seines Opfers, fast so wie im Beipackzettel des Medikaments für Tiere empfohlen.

Blut tropfte von der Einstichstelle, über den Arm, auf den Boden. Langsam, ganz langsam drückte Bernhard die Nadel in Hans-Peters Bizeps. Dieser versuchte sich unter dem Schmerz aufzubäumen, was aber durch die strenge Fixierung nicht möglich war. Die Riemen hielten ihn gnadenlos zurück – Widerstand war hier wirklich zwecklos.

Bernhard Bauer sah in die geweiteten Augen seines Opfers und saugte jegliches sich darin spiegelnde Gefühl von Schmerz und Pein auf, während er genüsslich die Injektion verabreichte. Wie kochendes Wasser verbreitete sich die Medikamentenmischung blitzartig und äußerst schmerzhaft. Wie ein Säurecocktail floss die ätzende Mischung von Hans-Peters Bizeps über seinen Schulterbereich weiter bis in die kleinsten Muskelfasern seines Körpers.

Dieses plötzliche Einspritzen von einer viel zu großen Menge an Tier-Medikamentenmixtur erzeugte in Sekundenbruchteilen einen anaphylaktischen Schock bei Hans-Peter Bankgall. Plötzliches Kreislaufversagen mit nachfolgendem Organversagen waren die Folge.

Der Tod trat so schnell ein, dass sich Bernhard in einer ersten Reaktion wunderte, weshalb sein Opfer trotz eindringlicher Warnung die Augen schloss. Zuerst dachte er an eine vorübergehende Bewusstlosigkeit durch die zu intensive Wirkung des Tiermedikaments. Als er jedoch weder an der Halsschlagader, noch am Handgelenk seines Probanden einen Puls fühlen konnte, war ihm klar, dass der Tod bereits eingetreten sein musste.

„Scheiße, Gatzki! Das war zu schnell, Du Idiot machst alles zunichte! Qwahwah-uhle! Wattatschäsn! Do-lauder nochmal!", rief der enttäuschte Mörder und schlug mit der Faust auf das Herz von Hans-Peter ein.

Bernhard war nicht nur wegen des unerwartet schnellen Todes seines Opfers aufgebracht und zu tiefst enttäuscht. Sondern vielmehr, weil Hans-Peter Bankgall ihn durch seinen schnellen Tod um ein länger anhaltendes Gefühl von Größe und letztlich Allmächtigkeit gebracht hatte. Wenigstens war die Verwandlung von Bernhard Bauer zu seiner neuen Imago „Argos" kurzzeitig vollzogen worden. Und das war ein unglaublich geiles Gefühl – zwar nur kurz, aber sehr intensiv!

Nach einigen Minuten der Enttäuschung über den schnellen Tod seines ersten Opfers entspannte sich Bernhard Bauer und er begann -völlig gefühllos- damit, den Toten von allen Fixierungen und Fesselungen zu befreien. Beide Arme des Opfers hingen nun schlaff und leblos neben der Liege herab.

Bernhard Bauer stellte unter jeden Arm einen Eimer, nahm ein Skalpell und schlitzte nacheinander beide Arme von der Schulter bis zum Handgelenk auf. Das Blut lief am Skalpellschnitt entlang, über die Handgelenke und Finger in die beiden Eimer. Kalt und emotionslos betrachtete Bernhard das fließende Blut, bis es nur noch tröpfelte. Das war nun sein erster Mord gewesen. Er hatte sich das spektakulärer vorgestellt.

Doch es blieb ein ganz besonderer Eindruck zurück. Einer der wohl intimsten Augenblicke eines Menschen: Bernhard hatte zum ersten Mal einem Menschen beim Sterben in dessen Augen geblickt. Und damit in dessen Seele.

14. Überfall in trautem Heim

In den „Argos"-Büchern wurden die Opfer meist gekidnappt und auf einen einsamen Bauernhof verschleppt, wo dann das Unausweichliche mit Ihnen geschah. Bernhard lag entspannt in seiner Badewanne und hatte viel zu viel Schaum darin. Doch das liebte er. Viel Schaum war für ihn gleichbedeutend mit viel Entspannung. Am Badewannenrand hatte er Erdnüsse, ein Glas Rotwein und ein batteriebetriebenes altes Transistorradio platziert.

In einer Hand hielt er nun das Buch „Argos – Reloaded" aufgeklappt, mit der anderen griff er nach dem Rotwein. Beim Trinken des Weins tropfte ein wenig des Getränkes über Bernhards Lippen auf seine Brust und dann weiter in das warme Badewasser. Dabei dachte er kurz an das Blut, das sein bisheriges Opfer vergossen hatte; zwei Eimer voll.

Als die Weintropfen sich im Badewasser verflüchtigten, war auch der Gedanke an die bisherige Gräueltat wieder verschwunden. Und doch kam ihm genau in jenem Augenblick eine Idee, die ihm seine nächste Tat viel risikoärmer erscheinen ließ.

„Argos" hatte zumindest einmal eines seiner Opfer in dessen zu Hause überfallen. „Ich muss unbedingt das Kapitel nochmal lesen, als Argos sein Werk statt auf seinem Bauernhof in der Einsamkeit der Provinz im „trauten Heim" des Opfers zelebrierte", sprach er in normaler Sprechlautstärke vor sich hin.

Diese Idee ließ ihn von der Badewannen-Entspannung in eine immer stärkere Anspannung hinübergleiten, die ihm eine Erektion bescherte. Begleitet von den ihm nur allzu bekannten Stimmen im Kopf.

Die Idee, die großen Risiken einer Entführung gegen die seiner Meinung nach viel kleineren Risiken eines Überfalls im Haus eines Opfers zu tauschen, erregte ihn nun nicht mehr nur zwischen seinen Beinen, sondern ließ ihn auch einige seiner Lieblingsworte stammeln: „Qwawauhle…Do-Lauder…Nutzna-Machalla!"

Als er sich bewusstwurde, wie sehr er von dem Gedanken eines Überfalls erregt war, biss er sich leicht auf seine Zunge. Das war eben seine Art, mit starker Erregung umzugehen und wieder klarer denken zu können.

Im Radio liefen gerade Nachrichten und der Sprecher erzählte, dass heute Vormittag im Moskauer Gorki-Park eine Weltkriegsbombe gefunden worden war.

In Bernhards Kopf löste das Wort „Gorki" eine noch stärkere Erregung aus, die auch mit einem stärkeren Biss auf seine Zunge nicht mehr steuerbar war. Es war eines seiner Trigger-Worte, das in Bernhards Kopf zu „Gatzki" umgeformt worden war, so dass sein Sprachzentrum davon geflutet wurde. „Gatzki, Gatzki, Gatzki, …", musste er zwanghaft laut wiederholen.

Sowohl die Stimme in seinem Kopf, als auch seine eigene Stimme, die immer lauter „Gatzki!" rief, peitschte ihm das Wort in sein Bewusstsein. Er biss sich zwischen den „Gatzki"-Rufen immer wieder und immer fester auf seine Zunge, aber das Stakkato an „Gatzki"-Rufen hörte nicht auf. Die Anfangs einzelne Stimme, schwoll mittlerweile zu einem Chor an Stimmen an.

Erst als sich seine alten, gewohnten und seit langem tief eingespurten Kunstworte zwischen die „Gatzki"-Stimmen mischten, ging seine Anspannung ein wenig zurück: „Gatzki,…Quwawauhle…GatzkiGatzkiGatzki…Do-Lauder…Gatzki…Nutzna-Machalla…Gatzkiiiii !!!"

Als Bernhard endlich den metallischen Geschmack vom Blut seiner Zunge in seinem Mund bemerkte, war er wieder auf ein annehmbares Energieniveau zurückgekehrt. Er stand aus der Badewanne auf und verließ sie nass triefend, um sich vor den Badezimmerspiegel zu stellen. Dabei streckte er die Zunge heraus und erkannte die Bisswunden, die er sich in seinem rauschartigen Zustand selbst zugefügt hatte.

„Es ist nichts abgebissen, was genäht werden müsste. Das ist gut. Qwawa-uhle. Gatzki. Do-Lauder", sprach er zu sich selbst und ging zur Badewanne zurück. Er stieg wieder hinein und ließ etwas warmes Wasser aus dem Hahn in die Wanne laufen, bis das Wasser wieder eine angenehme Temperatur hatte.

Mit seiner etwas lädierten Zunge sprach er mehr als unverständlich vor sich hin: „Wie kann man jemanden in einer Badewanne fixieren? Wie stelle ich es an, dass mein nächstes Opfer mir in die Augen sieht, wenn ich es unter Wasser drücke? Waterboarding mit Blickkontakt, könnte mir maximale Befriedigung verschaffen. Do-Lauder, Gatzki!" Bernhard hatte nun sein Lieblingswort unter seinen Neologismen gefunden.

Das nächste Opfer sollte das neue Wort noch oft, sehr oft hören müssen.

15. Dasselbe Krankheitsbild?

```
Kinderpsychiatrische Praxis Dr. H. Pfeil
Patientenkarte Nummer 386, Michael Ramelow, geboren am 24.
Dezember 1979. Diagnose: bipolare affektive Störung, gegenwärtig
manisch (ADHS?), F31. Verdacht auf Zwangsgedanken. Adresse:
Edzard-von-Lichtenberg-Weg 95
```

„Ein Christkind!" entfuhr es Bernhard halblaut. Das Geburtsdatum beeindruckte ihn anfangs mehr, als die Diagnose, die auf der Patientenkarte festgehalten war. Welch ein Pech, am Heiligen Abend Geburtstag zu haben, dachte sich Bernhard. Das bedeutet weniger Geschenke, als wenn Geburtstag und Weihnachten auf weiter auseinander liegende Tage fallen würden.

Doch das besondere Geburtsdatum von Michael Ramelow wurde schnell nebensächlich. Je mehr Bernhard über den Patienten Ramelow las, desto faszinierter war er von dessen Krankheitssymptomen.

„Ach, der hat fast dieselbe Diagnose, die die Koryphäe Prof. Dr. Dr. Mallersdorff bei Hans-Peter Bankgall feststellte, der ja leider viel zu schnell verstarb! Für ein Betreuungsverfahren eine ungewöhnliche Diagnose; wie schon bei Hans-Peter. Hervorragend, welch ein Wink des Schicksals! Dann kann ich meine Methoden verfeinern, indem ich eine zweite Chance bekomme! Schließlich macht Übung erst den Meister, hahaha!", sprach er amüsiert und sehr laut aus.

Der damals behandelnde Arzt, Dr. Pfeil, war laut den vorliegenden Notizen mehrmals eindringlich von den verzweifelten Eltern gebeten worden Michaels Lehrerin zu besuchen.

„Wie bei mir damals in der Schule! Da mussten damals auch meine Eltern dazu kommen. Ja, lange ist's her. Welche Ähnlichkeit der

Geschichten zwischen dem Herrn Ramelow und mir, hahaha und Gatzki!", sprudelte es aus Bernhard heraus.

Dr. Pfeil tat sehr viel für seine Schützlinge, auch ein Besuch der Schule war für ihn durchaus Teil seines Arbeitsverständnisses. Die damaligen Aussagen der Lehrerin über Michaels Verhalten waren in der amtlichen Akte handschriftlich notiert.

Die Notizen über Michael Ramelow waren inhaltlich den Aussagen der Lehrerin von Hans-Peter Bankgall zum Verwechseln ähnlich. Sie zeigten immer wieder Parallelen an Verhaltensauffälligkeiten zwischen den beiden auf. Selbe Diagnose, ähnliche Auffälligkeiten, vergleichbare Symptome.

Wie verzweifelt Michaels Eltern damals waren, gaben die der Akte beiliegenden Aufzeichnungen des behandelnden Arztes Dr. Pfeil ebenfalls wieder. Im hier dokumentierten ärztlichen Anamnesegespräch mit den Eltern, zusammen mit Michael, wurde auch das Ausmaß der Hilflosigkeit des gesamten Umfeldes ausführlich beschrieben.

Bernhard dachte, heute würde man wohl bei dem offensichtlichen Hauptsymptom dieses „Zappelphilipps", die mittlerweile in Mode gekommene Diagnose im Klartext stellen, die immerhin auch damals schon in Klammern der Diagnose hinzugefügt worden war: Aufmerksamkeitsdefizitstörung mit Hyperaktivität, kurz ADHS. Und heute gäbe es auch eine eindeutige medizinische alphanumerische Zuordnung nach dem Standardwerk ICD-10: F90.1

Die Studienzeit des damals behandelnden Arztes dürfte weit vor der Modediagnose ADHS gelegen haben. Er hielt mutmaßlich von den „neu erfundenen" Ausprägungen von vermeintlich bereits bekannten Krankheitsbildern nichts.

So wie damals auch Prof. Dr. Dr. Mallersdorff. Deshalb stand auch hier in der Diagnose statt ADHS oder ADS, eben „bipolare Störung". Manie und Depression im Wechsel.

Manische Phasen mit Ansätzen von Größenwahn wechselten sich bei Michael - ganz ähnlich wie bei Hans-Peter Bankgall - mit kürzeren, aber nicht weniger heftigen depressiven Phasen in mehrmonatigen Abständen ab.

So stand es sinngemäß auf Michaels und eben auch auf Hans-Peters Patientenkarte, die Bernhard nun beide in den Händen hielt und verglich.

„Das kann kein Zufall sein, das ist Vorbestimmung, Schicksal! Das ist meine zweite Chance. Damit kann ich meinen Fehler bei der ersten Tat wieder gut machen, Do-lauder! Gatzki! Quwahwauhle!"

16. Gemälde können inspirieren

Auch wenn Bernhard die Öffentlichkeit möglichst mied, so hatte er ein Hobby, das ihn zwangsweise in die Nähe von Menschen brachte. Er hatte ein ganz besonderes Faible für Kunstgalerien. Vor allem für seine geliebte Schack-Galerie, die zu den bayrischen Staatsgemäldesammlungen gehörte.

Ein Bild erregte Bernhards Phantasie schon seit langem: das Gemälde von Moritz von Schwind, „Wieland der Schmied", gemalt um 1850. Als er zum ersten Mal die zum Bild gehörende Erklärung gelesen hatte, war er wie elektrisiert vor diesem Bild gestanden.

„Der kunstfertige Schmied Wieland wurde von König Nidung gefangen gehalten, der ihm, um die Flucht zu verhindern, die Kniekehlen durchschneiden ließ" – alleine der Gedanke daran, einem Menschen diese besonders dick ausgeprägten Sehnen durchzuschneiden, faszinierte Bernhard. Und auch noch an beiden Knien. Jeweils 2 dicke, fette Sehnen durchtrennen – das war äußerst Interessant, fand Bernhard. Würden diese Sehnen beim Durchtrennen ein Geräusch von sich geben, so wie es der Fall ist, wenn eine Achillessehne reißt?

Oft war er schon vor diesem Bild gestanden und malte sich in immer neuen Variationen aus, wie es wohl wäre, wenn sich die durchtrennten Sehnen wie mit einem Peitschenhieb zurückziehen würden. Würden sich die Sehnen zu einem Knäuel zusammenziehen? So, wie ein wildes Wollknäuel? Würde durch die enormen Rückzugskräfte auch Gewebe unter der Haut zerstört werden? Würde gar Reibung und damit Wärme oder Hitze entstehen? Würde dies das darunterliegende Gewebe noch mehr in Mitleidenschaft ziehen?

Bernhard wollte all diesen Fragen auf den Grund gehen und die Antworten finden. Durch die Inspiration des alten Gemäldes in der Galerie, war es ihm wichtiger geworden, sein nächstes Opfer so zu „behandeln", wie es König Nidung getan hatte. Viel wichtiger, als es augenscheinlich sein großes Vorbild Alex in den „Argos"-Romanen in diesem Stadium des Wahns getan hätte.

Alex hätte vermutlich seinem Opfer abwechselnd aufputschende und dann wieder sedierende Medikamente verabreicht. Immer wieder im Wechsel, bis irgendwann der Körper des Opfers die wechselnde Überschwemmung mit komplett gegensätzlich wirkenden Medikamenten nicht mehr ertragen hätte und irgendwann mit Sicherheit der Tod des Gequälten eintrat.

Doch dieses eine Mal entschied sich Bernhard Bauer für eine andere Herangehensweise. Dazu fasste er einen verbrecherischen Plan.

17. Auf (alte) Daten sollte man aufpassen

Auf der Patientenkarte Michael Ramelows war die Adresse des damals Sechzehnjährigen angegeben. Diese stimmte mit der Adressangabe im grünen Ordner des Betreuungsgerichts überein. Also war er vermutlich nie von den Eltern weggezogen, oder zumindest irgendwann zu ihnen zurückgezogen.

Aus den persönlichen Daten Michael Ramelows konnte Bernhard ersehen, dass beide Eltern fast zeitgleich vor etwa drei Jahren verstorben waren. Scheinbar lebte Michael nun wohl ganz allein, denn es war in der Akte weder eine Ehefrau, noch eine Freundin genannt worden. Und gerade bei Betreuungsfällen werden die familiären Verhältnisse ganz besonders intensiv betrachtet. Und damit auch das Für und Wider einer gerichtlichen Betreuungsverfügung.

An dem Aktenvermerk mit der Aufschrift „Wiedervorlage in 3 Jahren" erkannte Bernhard zwar, dass die Betreuung für Bernhard wohl aufgehoben war. Jedoch musste sich ein Betreuungsbeamter auch weiterhin regelmäßig vom geistigen Zustand des vormals unter Betreuung Stehenden überzeugen.

Das war der Grund, weshalb Bernhard diese Akte zugewiesen wurde: es war wieder einmal so weit, die drei Jahre waren abgelaufen. Doch Bernhard war sich sicher, dass Michael kein weiteres Mal beim Amt für Betreuungsangelegenheiten „antanzen" würde müssen. Denn das würde sein Schützling garantiert nicht mehr erleben.

Fast professionell beobachtete Bernhard über drei Tage und Abende, während einer normalen Arbeitswoche, das freistehende Einfamilienhaus von Michael. Bernhard notierte sich jegliches Kommen und Gehen seines künftigen Opfers. Künftig? Michael war bereits jetzt sein auserkorenes nächstes Opfer. Michael wusste es einfach noch nicht. Woher auch?

Nach Bernhard Bauers Beobachtungen stand Michael gegen sieben Uhr morgens auf. Nach Morgentoilette und Frühstück setzte er sich an seinen Schreibtisch und begann mit Mobilarbeit am Laptop. Das ging bis auf eine kurze Mittagspause meist bis abends um sechs.

Nach dem Abendessen und dem allabendlichen Fernsehen ging er gegen dreiundzwanzig Uhr ins Bad und dann ins Bett. Er behielt diesen Ablauf sehr regelmäßig über die drei Tage bei. Man hätte fast etwas Zwanghaftes dahinter vermuten können.

Lebensmittel ließ sich Michael immer montags und donnerstags von einem Lieferservice direkt vor die Türe liefern. Michael öffnete nie die Haustüre, wenn der Bote klingelte, sondern wies ihn durch die Sprechanlage an, alles vor der Haustüre abzustellen. Erst nachdem der Bote weggefahren war, öffnete Michael die Haustüre, schaute nach allen Seiten und zog dann schnell das Gelieferte ins Haus und schloss sofort wieder seine Haustüre. Dann hörte man das zweifache Umdrehen seines Schlüssels im Schloss der Haustüre.

Bei all der Tages- und Abendroutine schien es so, als würden alle Wochentage fast gleich ablaufen. Bernhard beobachtete jegliche Regung in Richtung des Hauses mit seinem Feldstecher. Dabei fiel ihm am zweiten Tag seiner Beschattungsaktion etwas auf.

Immer wenn Michael etwas vom Essensboten ins Haus hereingeschafft hatte, fasste Michael mit der rechten Hand unter die Trittstufe des Eingangspodestes. Es schien so, als wolle er sich vergewissern, dass da „etwas" noch immer da sei. Aus der Entfernung konnte Bernhard trotz des Fernglases nur einen dunklen Punkt unterhalb des Podestes ausmachen.

Bernhard beschloss abzuwarten, bis sein Opfer im Schlaf sein würde, um sich mit einer Taschenlampe der dunklen Stelle am Fuße des Eingangspodestes zu nähern. Als er sich erst durch das unverschlossene Gartentor, dann über den kleinen Rasen vor dem Haus langsam und geräuschlos schlich, ließ er weder die Gegend um sich herum, noch das Haus und dessen Fenster aus dem Blick. Endlich am Podest angekommen, kniete sich Bernhard nieder, leuchtete die ominöse Stelle mit seiner Taschenlampe an und stutzte.

Was er sah, war eine Art Mini-Gartentresor für die Aufbewahrung von Schlüsseln, wenn man sich einmal ausgesperrt haben sollte. Der Miniaturtresor war mit einem Zahlencode gesichert und zusätzlich so unterhalb des Eingangspodestes mit dem Betonsockel verschraubt, dass diese Schrauben erst nach dem Öffnen des Tresors entfernt werden hätten können. Somit waren Michaels Haustürschlüssel ganz nah und doch nicht greifbar, da sie durch einen kleinen Metalltresor mit Zahlenschloss gesichert waren.

„Menschen können gar nicht anders, als zu assoziieren. Gatzki. Sie verbinden immer irgendwas mit Zahlen. Ob Zahlenschloss oder was auch immer. Gatzki", murmelte Bernhard leise vor sich hin. Das Schloss benötigte zum Öffnen eine Kombination von vier Zahlen. Das Naheliegendste wären wohl die Geburtstage von Michaels Eltern, oder gar seine eigenen?

„Zwei", zischte Bernhard hervor und drehte die erste Rosette des Zahlenschlosses zur Markierung bei der Ziffer eins. „Vier, eins, zwei, Gatzki! Gatzkiiiii! Weihnachtskind!", gab er halblaut vor Erregung von sich, als sich der Mini-Tresor öffnete. Und tatsächlich: es befand sich ein Hausschlüssel im Tresor.

Bernhard entnahm den Schlüssel, steckte ihn in seine Hosentasche und verschloss den Mini-Tresor wieder, indem er die Rosetten mit den eingestanzten Zahlen beliebig verdrehte. Jetzt hatte er den Zugang zu seinem Opfer. Kurz blitzte in Bernhards Kopf die Warnung eines Sicherheitsexperten aus einer Fernsehsendung auf, der dringend empfohlen hatte, keine einfachen Passwörter zu benutzen.

Eben solche wie „12345678“ oder „abcdefgh“ oder andere persönliche Daten wie die eigenen Geburtsdaten…

18. Es läuft wie geschmiert!

Es war noch leichter, als es sich Bernhard in seinen kühnsten Überlegungen überhaupt auszudenken wagte. Wie von seinem großen Idol „Argos" vorgemacht, hatte auch Bernhard alle Utensilien, die er im Laufe seines nächsten Mordes benötigen würde, perfekt vorbereitet. Alles war in einer schwarzen Stofftasche verstaut. Er war etwa eine Stunde, nachdem sein Opfer ins Bett gegangen war, mit einer chloroformdichten Anästhesisten-OP-Maske auf dem Gesicht ins Haus eingedrungen.

Mit Hilfe des geklauten Hausschlüssels hatte Bernhard die Eingangstür ohne jegliches Geräusch geöffnet. Danach lief er im Schein einer Taschenlampe hoch in den ersten Stock, öffnete vorsichtig die Schlafzimmertüre, träufelte Chloroform auf ein Leinentuch, um es dem Opfer im Tiefschlaf einfach überzustülpen. Außer zu einem kurzen Zucken des Kopfes war Michael zu keinerlei Gegenwehr in der Lage.

Bernhard schob dem wehrlosen Michael Ramelow die weit geschnittene Schlafanzughose von den Knöcheln bis zu den Oberschenkeln hoch, fixierte beide Fußknöchel mittels Kabelbindern am Bettende und kontrollierte anschließend sicherheitshalber noch einmal die kurz zuvor an den Handgelenken durchgeführten Fixierungen.

Bernhard Bauer sah auf sein vor ihm auf dem Bett liegendes und nun streng fixiertes Opfer herab. Jetzt hatte er endlich das Gefühl von totaler Überlegenheit und Macht. „Do-Lauder, Qwawa-uhle, Gatzki, Dohhhhhh-Lauder", gab er abwechselnd und vorerst leise flüsternd von sich.

Dann öffnete er den Reißverschluss seiner mit Werkzeug und weiteren Utensilien gefüllten schwarzen Sporttasche. Daraus entnahm er zwei fast fingerdicke Kupferdrähte, zwei etwa fünfzig Zentimeter lange Holzstöcke und einen großen Bolzenschneider.

Er legte den ersten Kupferdraht etwa auf Höhe der Leistenbeuge komplett um den Oberschenkel seines Opfers und verdrillte die Enden des Drahtes, soweit dies bei diesem dicken Draht mit den Händen möglich war. Nun kam der erste Holzstock zum Einsatz, indem er zwischen den Draht und Michaels Oberschenkel geschoben wurde. Mit beiden Händen umfasste Bernhard die Stockenden und begann mit viel Kraft den Kupferdraht fester zu ziehen und immer weiter zu verdrillen. Durch den Hebeleffekt war schnell der Punkt erreicht, an dem kein Blut mehr durch Michaels Bein fließen konnte, denn es war brutal abgebunden.

Mit dem zweiten Oberschenkel verfuhr Bernhard auf dieselbe Weise. Nun war der Zustand erreicht, den er anstrebte. Egal, was Bernhard unterhalb der abgebundenen Beine anstellen würde, sein Opfer würde nicht verbluten. Schlimmstenfalls würden dessen Beine absterben; aber eben nicht der ganze Mensch.

Da sein Opfer unter der Tortur so etwas wie ein Stöhnen von sich gab, öffnete Bernhard ein Medikamenten-fläschchen mit der Aufschrift „Achtung starkes Großtier-Sedativ, nur für den tierischen Gebrauch!" und flößte es Michael mit brutalem Zwang bis zum letzten Tropfen über dessen Mund ein.

Nun kam der Moment, auf den Bernhard so lange gewartet hatte und sich ganz sicher am meisten freuen würde: das Durchschneiden der Sehnen in den Kniekehlen. Auf beiden Seiten. Genussvoll eine Seite nach der anderen. Dazu nahm er den Bolzenschneider und setzte dessen Klinge an der ersten Sehne des linken Beines an. Dabei dachte er an sein Lieblingsgemälde aus der Schack-Galerie. Wieland der Schmied, dem die Kniekehlen durchgeschnitten wurden. Ja, nun würde auch Bernhard es endlich in echt erleben dürfen, wie es ist Kniekehlen durchzuschneiden.

Bernhard würde dies erleben? Nein! Er wollte nicht Bernhard sein. Er wollte zu „Argos" werden. Er wollte die Metamorphose vollziehen. „Argos – Imago"!

Dazu putschte er sich selbst hoch, indem er sich seiner zwanghaften Wörter erinnerte und diese laut vor sich hinsprach. „Quwa-wah-uuuuuh-läääää", klang es ordinär, mit tiefer Stimme und rauchig aus Bernhards Mund. Die Sprachfetzen wurden immer stakkatoartiger: „Gatz-Kiiiiiii, doh-lau-daaaaa". Jetzt endlich konnte Bernhard etwas von „Argos" Wahnsinn spüren. Nun wusste Bernhard, wie er es machen musste, um in den Blutrausch eines „Argos" hineinzukommen: seine Zwangswörter waren der Schlüssel dazu!

Genüsslich langsam, untermalt von unheimlich klingenden bösartigen Stimmen aus seiner Kehle, drückte Bernhard alias „Argos" die Hebel der Zange zusammen. Zuerst tropften einige Blutstropfen auf das Bettlaken, als die scharfe Klinge des Bolzenschneiders die über den Sehnen gespannte Haut anritzte. Dann wurde aus dem Tröpfeln ein dünnes Rinnsal aus Blut, das vom sich nach und nach rot verfärbenden Bettlaken aufgesogen wurde.

Hier hielt Bernhard kurz inne, spürte seine inneren Stimmen wiederholt hochkommen und jetzt auch lauter werden. Sie riefen erregt in einer einzigen Kakophonie: „Do-Lauder, Qwa-waaaaaaa-uhle, Gatz-ki-ki-ki-ki-ki" – dies hatte mit der bisherigen Person Bernhard Bauer nichts mehr zu tun. Der Dämon „Argos" hatte psychotischen Besitz von ihm ergriffen. Immer lauter, immer schneller hintereinander und auch durcheinander schrien die Stimmen nun nicht mehr nur in seinem Kopf, sondern auch gleichzeitig tief aus „Argos" Kehle.

In einem äußerst kurzen Moment der Klarheit, betrachtete Bernhard noch einmal das Gesicht Michael Ramelows, das trotz der ersten Schnittverletzung noch entspannt und total betäubt aussah. Die starken Tiermedikamente wirkten also auch beim Menschen. Zumindest jetzt noch.

In Bernhards Kopf spielte sich abrupt eine Kakophonie von Stimmen ab, die nun schlagartig wieder lauter und intensiver wurden und ihn erneut in diesen tranceartigen Zustand des Dämons „Argos" zog. Er konnte gar nicht anders, als nun die beiden Enden des Bolzenschneiders mit aller Wucht zusammenzudrücken. Es knirschte tatsächlich, als die erste Sehne der Kniekehle in zwei Teile getrennt wurde.

Wie im Rausch setzte „Argos" schnell atmend zum Schneiden der zweiten dicken Sehne in derselben Kniekehle an. Die Stimmen in seinem Kopf waren zu einem Inferno angewachsen und aus seinem Mund stieß er seine eigenkreierten Worte laut hervor: „Do-Lauder, Qwawa-uhle, Gatzki, Nutzna-Machalla, …" Bernhard war erneut zu seiner wahnsinnigen Imago geworden. Er war nun durch und durch „Argos". In seinen Taten. In seiner Grausamkeit. In seinem Wahnsinn!

Wieder wäre das Geräusch einer weiteren zerreißenden dicken menschlichen Sehne zu hören gewesen, wenn nicht die Stimmen in „Argos" Kopf so infernalisch laut geschrien hätten. Das leise Stöhnen seines Opfers vernahm er genauso wenig, wie das Schnalzgeräusch der berstenden Sehne. Das Blut floss nun aus beiden Schnittwunden aus der Kniekehle und tränkte nicht nur das Laken, sondern auch die darunter liegende Matratze.

All das nahm Bernhard nicht wahr, denn er war in einem Zustand, der zwanghaft forderte weiter zu machen. Bernhard hatte seine Seele an „Argos" übergeben, mit allen Konsequenzen.

Er setzte nun den Bolzenschneider in der Kniekehle von Michaels zweiten Bein an. Diesmal ertrug „Argos" es nicht, länger zu warten. Denn die Stimmen befahlen ihm zwischen all den künstlichen Worten, glasklar: „Schneid die Scheißsehne durch, Du Schwein! Verdammt und Gatzki nochmal! Schneide jetzt, sonst bringen wir Dich um! Qwawa-uhle! Wir bleiben für immer in deinem Mistkopf – willst Du das? Also: drück zu! Jeeeeeeetzt!!! Sofort!!!"

Beim Durchtrennen der letzten Kniekehlen-Sehne zitterten seine Hände und er vernahm nun endlich auch das peitschende Geräusch, das die unter Spannung stehende Sehne von sich gibt, wenn sie reißt oder eben durchtrennt wird. Schlagartig stoppte auch das Lärminferno in seinem Kopf. Und doch fühlte er sich immer noch als „Argos".

Jetzt sah er das Blut, das sich aus dem Oberschenkel kommend an den vier Schnittstellen in das Bett ergoss. Mit so viel Blut hatte „Argos" nicht gerechnet. Daher zog er, mit immer noch zitternden Händen, beide Abbindungen der Oberschenkel nochmal ein Stück fester. Sein Atem beruhigte sich langsam und er konnte nun wieder klarer denken.

Das war schließlich erst der erste Teil seines Planes. Er hatte damit die Geschichte des Schmieds Wieland nachvollzogen. Dieser Wunsch schlummerte schon lange in Bernhard, seit der ersten Begegnung mit Wielands Geschichte, mit Moritz von Schwinds Gemälde. Nun war es vollbracht. Fast.

Die schriftliche Erklärung, die neben dem Originalbild in der renommierten Schack-Galerie angebracht ist, ist jedoch nur eine von mehreren Interpretationen. Eine andere Geschichte zu diesem Bild hatte Bernhard in einem Buch aus einem Antiquariat gefunden. Darin werden dem Schmied Wieland die Schienbeinknochen entfernt.

Und genau das wollte Bernhard nun auch machen.

19. Sehnen und Knochen

Er holte aus seiner großen Sporttasche ein Skalpell, eine batteriebetriebene Stichsäge, zwei weitere Holzstöcke und Nähutensilien. Die Stimmen in Bernhards Kopf begannen nun wieder zuerst leise zu flüstern: „Gatzki , Nutzna-Machalla, Do-Lauder, Qwawa-uhle,…"

Michael Ramelows Beine sahen nicht nur blass aus und fühlten sich kalt an, sondern waren mittlerweile ziemlich blutleer. Bis auf ein gelegentliches leises Stöhnen war von ihm nichts zu vernehmen. Die Tiermedikamente waren so stark dosiert, dass Schmerzen und das Bewusstsein zuverlässig ausgeschaltet waren.

„Argos" berührte mit der rechten Hand Michaels linkes Bein und spürte wie kalt und auch feucht es sich anfühlte. Als Linkshänder hielt Bernhard Bauer das Skalpell in seiner linken Hand und setzte dieses auf der Vorderseite des linken Kniegelenks an. Er bemerkte, wie die Stimmen in seinem Kopf vom Flüstern kontinuierlich in normale Lautstärke übergingen. Es waren jetzt keine klaren Befehle, wie vorhin, sondern das mantrahafte Wiederholen seiner Haupt-Neologismen: „Gatzki, Do-Lauder, Qwawa-uhle, Nutzna-Machalla", wieder und immer wieder.

„Argos" setzte zum Schnitt entlang des oberen Schienbeinkopfes an, als die Stimmen lauter wurden und immer weiter anschwollen, je länger er den Schnitt entlang des Schienbeins führte. Am Fußknöchel angekommen, setzte „Argos" das Skalpell ab und betrachtete die tiefe Riefe, die er auf dem Schienbeinknochen mit dem Skalpell hinterlassen hatte.

Doch dieser Augenblick währte nur kurz, denn nun befahlen ihm wieder seine Stimmen. Unmissverständlich und mit sehr scharfem Ton forderten sie: „Reiß die Haut und das Fleisch vom Knochen! Gatzki! Hol den Knochen heraus! Do-Lauder! Jetzt!!!!"

Die klaren Befehlssätze wechselten sich nun ab, mit dem infernalischen Gekreische der mittlerweile unerträglichen Stimmen im Kopf. So tat „Argos", wie es die Stimmen befahlen. Er riss die dünne Haut über dem Schienbeinknochen zur Seite weg und legte den Knochen mit Hilfe des Skalpells vom Fleisch frei.

Als er die Akku-Stichsäge mit dem Sägeblatt am Übergang vom Schienbein zum Knie ansetzte, waren die wahnsinnigen, dominanten und skrupellosen Stimmen so laut, dass er das Sägegeräusch nicht einmal mehr hören konnte. Selbst den Geruch von zersägtem Knochenmaterial am Schienbein Tibiakopf nahm er in diesem Augenblick nicht wahr. Der feine Rauch, der durch die Hitzeentwicklung am Sägeblatt entstand, wehte weißlich über der Schnittstelle. Es stank nach versengtem Knochen.

Der ohne Betäubung so schmerzempfindliche Knochen war nun am oberen Ende durchtrennt. „Jetzt am Knöchel! Nutzna-Machalla! Sofort, Du Arsch! Gatzki!", schrien, drängten, befahlen die Stimmen nun. „Argos" hatte vor nichts Angst, außer vor diesen grauenhaften Stimmen!

„Argos" hätte alles getan, um diese schrecklichen Stimmen zum Verstummen zu bringen. Daher setzte er mit seiner linken Hand das mittlerweile heiße Sägeblatt der Akku-Sticksäge an Michaels Knöchel an. Der Knochen gab schreckliche Quietschlaute von sich, als er durchgesägt wurde. Doch niemand hörte dies. Michael war betäubt, „Argos" hatte unglaublichen Stimmenlärm im Kopf.

Als auch das untere Ende des Schienbeins frei lag, nahm Bernhard es in seine rechte Hand und hielt es sich auf Augenhöhe. Blut tropfte von beiden Seiten des zerschundenen Knochens herab. Ausgefranste Knochenfragmente säumten die Knochenenden. Am dampfenden Akku-Stichsägeblatt hing eine Mixtur aus Knochenfragmenten, Blut und Geweberesten.

Doch auch jetzt gaben die Stimmen keine Ruhe, so wie es der Fall gewesen war, als er vorhin alle Kniekehlen-Sehnen durchschnitten hatte. Die wahnsinnigen Stimmen befahlen ihm vielmehr, das andere Schienbein ebenfalls herauszulösen. „Argos" war den Stimmen - und nur diesen, sonst nichts und niemandem in dieser Welt - wehrlos ausgeliefert.

Er hatte seine Zunge bereits blutig gebissen, doch selbst dieses Mittel in höchster Not funktionierte diesmal nicht. Die Stimmen erlaubten keinerlei Widerspruch. Keinerlei Entkommen, bis die ganze Arbeit erledigt war. So fügte sich „Argos" erneut den Befehlen seiner unerträglich lauten Kopfstimmen. Er sezierte und entfernte schließlich Michael Ramelows zweites Schienbein, blutig und triefend.

Jegliche Hoffnung auf ein Ende oder zumindest Leiserwerden der Stimmen gab „Argos" auf, als auch nach dem Entfernen des zweiten Schienbeins die Stimmen keine Ruhe gaben. Zwischenzeitlich hatte sich „Argos" die Ohren zugehalten, aber das nützte nichts gegen diese schrecklichen Stimmen in seinem Kopf.

Sie befahlen ihm nun den finalen Schritt: „Gatzki! Setz ihm jetzt die Holzstöcke ein! Qwawa-uhle! Dann näh ihn zu! Do-Lauder! Tue es JETZT! Gatzki-Gatzki-Gatzki!!!"

Mit der Stichsäge schnitt „Argos" die Holzstöcke auf die ungefähre Länge der Schienbeine Michaels zu und legte die Stöcke in die

klaffenden Wunden seiner Beine. Mit Nadel und Faden nähte „Argos"
die dünne Haut wieder zusammen. Dass dabei ab und zu die Haut
einriss, nahm „Argos" in Kauf. Wenn nur irgendwann diese
schrecklichen Höllenstimmen aufhören würden!

Und so kam es, dass nach dem Vernähen und Abschneiden des letzten
Fadens die Stimmen verstummten. Schlagartig. Ohne jegliche
Andeutung durch geringere Lautstärke, langsamere Wortfolge oder
weniger werdende Worte.

Es war vorbei. Die Stimmen schwiegen. „Argos" war zeitgleich aus
Bernhards Körper gefahren. Er hatte also alles richtig gemacht.
Zumindest für die Stimmen im Kopf. Aber auch für „Argos". In
Bernhards Vorstellung war „Argos" der mächtigste Dämon gewesen,
den er sich hatte vorstellen können. Doch diese „Stimmen", die er so
intensiv diesmal zum ersten Mal erlebt hatte, waren noch mächtiger
gewesen.

Mit „Argos" fühlte er sich mächtig und unbesiegbar. Bernhard konnte
zu „Argos" werden, was er auch durch und durch wollte. Bernhards
Imago war „Argos" geworden. Doch gegen diese Höllenstimmen hatte
niemand den Hauch einer Chance. Selbst „Argos" nicht, wie Bernhard
mutmaßte.

Bernhard bemerkte erst jetzt, wie schnell er atmete, wie sehr er
schwitzte und dass er an den Händen zitterte. Er war nun wieder klar,
konnte strukturiert, logisch denken. Sein Zittern ließ langsam nach, sein
Atem beruhigte sich.

Er sah sich seine laienhafte chirurgische Arbeit nochmals an, bevor er
seinem unfreiwilligen Patienten die Schlafanzughose wieder von den
Oberschenkeln bis zu den Knöcheln herunterstreifte. Die Abbindungen

der Oberschenkel ließ er unangetastet, damit sein Opfer nicht verbluten konnte.

Dann griff Bernhard noch einmal in die schwarze Tasche und holte sein Exemplar des Psychothrillers „Argos erwacht. Er weiß alles von Dir." heraus, schlug die letzte Seite auf und betrachtete seine darauf notierte Checkliste, die er für diesen Augenblick vorbereitet hatte.

Er wollte zum Schluss des barbarischen und grausamen Aktes auf keinen Fall einen Fehler machen. Daher hatte er sich die abschließenden Tätigkeiten seines grausamen „Schlachtfestes" bereits am Tag vor seiner Tat von Hand in sein Lieblingsbuch geschrieben. Schritt für Schritt, eine Aufgabe nach der anderen, säuberlich, akribisch untereinandergeschrieben und nummeriert.

Bernhard prägte sich seine ToDo-Liste nochmal ein, bevor er das Buch in eine Außenhalterung der Sporttasche steckte: Erstens, alle mitgebrachten Gegenstände wieder in die Tasche einpacken; außer Kerze und Feuerzeug. Zweitens, nach Entnahme der Tabletten, die Verpackung wieder mitnehmen. Drittens, mit der Tasche zur Küche gehen. Viertens, …

Alle benutzten Utensilien verschwanden nun wieder in seiner schwarzen Sporttasche, die er mit deren Reißverschluss sorgsam verschloss. Aus einer Seitentasche der Sporttasche holte er zuletzt noch eine Tablettenschachtel mit starken Amphetaminen, Wachmachern hervor.

Er entnahm etwa zehn Stück der Tabletten aus der Blisterpackung und schob sie nach und nach in Michaels Mund. Dabei hielt Bernhard dessen Nase zu, so dass der Atemreflex zusammen mit dem Schluckreflex dazu beitrug, die Medikamente in Michaels Magen zu bugsieren.

Getreu der ToDo-Liste steckte er die leere Tablettenpackung in eine der Seitentaschen. Auf dem Nachtkästchen neben dem Bett platzierte Bernhard Bauer eine Kerze, die er genüsslich und mit einem süffisanten Lächeln anzündete.

Danach ging Bernhard mit seiner Sporttasche über der Schulter in die Küche. Wobei die Tasche beim Vorbeigehen leicht am Türstock der Küche hakte, was Bernhard allerdings nicht bewusst wahrnahm. Dort angekommen, öffnete er den Backofen des Gasherdes und drehte das Gas auf höchste Stufe. Er beeilte sich, das Haus auf kürzestem Weg zu verlassen.

20. Ein wirklich perfektes Verbrechen?

Bei einem perfekten Verbrechen ist es oftmals so, dass es zwar meist Indizien gibt, aber keinerlei Beweise. So hatte sich das Bernhard auch gedacht, nachdem er das Haus von Michael Ramelow verlassen hatte. Er fuhr, so schnell es von den Geschwindigkeitsbegrenzungen her zulässig war, weg vom Tatort. Ein kurzes Stück Stadtgeschwindigkeit, dann auf den Autobahnzubringer und schließlich danach mit hoher Geschwindigkeit über die Autobahn, möglichst weit weg vom Tatort.

Es war aber nicht das Grauen, das er am Tatort angerichtet hatte, vor dem er zu fliehen versuchte. Es war die von ihm selbst initiierte Zeitbombe aus voll geöffnetem von Gas durchströmten Backrohr und der brennenden Kerze. Er hoffte weit genug entfernt zu sein, um weder etwas von der Gewalt der Explosion, noch von der Druckwelle mit zu bekommen. Daher wunderte er sich auch nicht, als er bereits etwa zwanzig Kilometer die Autobahn entlang gerast war und keine Explosion zu hören war. Schließlich musste er nun wohl weit genug vom Explosionsort weg sein, dachte er.

21. Gas und Chloroform

Michaels Schläfen pochten. Das war das Erste, was er wahrnahm. Als sich leicht zitternd seine Augenlider einen Spalt öffnen ließen, drehte sich ihm alles. So schloss er die Augen sofort wieder.

Ein stechender Geruch stieg ihm in die Nase. Erst konnte er ihn überhaupt nicht zuordnen. Doch dann dachte er, dass das eine Mischung aus Chloroform, das er noch aus seinem Chemieunterricht in Erinnerung hatte, und einem Heizgas ähnlichem Stoff sein müsse. Gas? Diese Vermutung erschrak ihn sehr und machte ihn auch sofort ein ganzes Stück wacher.

Von seiner bisherigen Unkoordiniertheit beim Aufwachen konnte jetzt nicht mehr die Rede sein. Ihn dominierten nun die Gedanken an den Gasgeruch, die damit in Verbindung gebrachte Gefahr und die in ihm aufsteigende Panik. Wo war er überhaupt? Egal, er musste hier weg, hier raus. Mit Gas ist nicht zu spaßen!

Michael Ramelow hatte immer noch keinerlei Gefühl für seinen restlichen Körper, denn die nicht für Menschen gedachten Betäubungsmittel wirkten immer noch schmerzdämpfend und sedierend auf ihn. Benommen, aber frei von Schmerzen, kniff er nun seine Augenlider zusammen, um sie mit einem Schlag weit zu öffnen. Das einzige Licht, dass er wahrnahm, war der Schein einer einzelnen Kerze.

Dieses Licht reichte jedoch aus, die nähere Umgebung bis zu den umgebenden Wänden zu sehen. Er wusste nun, dass er in seinem Schlafzimmer war. Er wollte sich von seiner Bettstatt aufrichten, kam jedoch nicht nach oben, denn die Plastik-Kabelbinder fixierten in an den

Händen. Er spürte, wie das Gefühl außer in seinem Gesicht und Kopf, auch langsam in seine Arme und den Oberkörper zurückkam.

Wieder kam Panik in ihm auf, denn er konnte sich nicht bewegen. Er konnte ab der Hüfte abwärts nichts spüren. Doch er beruhigte sich selbst damit, dass das Gefühl schon bald wieder kommen würde. So war es am Oberkörper doch auch gewesen. „Nun muss ich ruhig bleiben und Geduld haben", redete er sich ein. Trotz aller Vernunft, waren die Panikgefühle schubweise zwischenzeitlich immer wieder einmal stärker.

Michael versuchte bewusst ruhiger zu atmen, um gegen die Panik besser gewappnet zu sein. Er hatte Zeit seines Lebens immer Meditation gemacht, um seine ADHS-Schübe in den Griff zu bekommen. Das half ihm nun sehr.

Er dachte, dass man ihn vermutlich überfallen und ausgeraubt hätte. Das hatte er immer befürchtet und deshalb auch keine Fremden in sein Haus gelassen. Nicht einmal den Essenslieferanten. Und trotzdem ist es wohl jetzt passiert. „Ich muss mich befreien. Ich muss Hilfe holen. Das Telefon steht direkt neben mir auf dem Nachtkästchen. Ich muss es erreichen", murmelte er im Selbstgespräch.

Nach einer, für ihn gefühlt unendlichen Zeit, hatte er es tatsächlich geschafft, eine Hand aus der Kabelbinderschlaufe zu ziehen. Damit konnte er zwar noch nicht das Telefon greifen, aber es reichte aus, um das Etui seines Finger- und Fußpflege-Sets zu erreichen. Mit seiner freien Hand öffnete er das Etui und konnte den Fußnägel-Knipser herausfischen. Zwischen den einzelnen Aktionen musste er sich immer wieder ausruhen, da sein Kreislauf nicht stabil zu sein schien. Letztlich brachte er es doch nach vielen Versuchen zustande, mit seiner freien Hand die noch fixierte andere freizuschneiden. Nach einer erneuten Ruhepause schaffte er es, sich aufzusetzen.

Er fasste nach rechts zur Nachttischlampe und knipste diese an. Nun sah er, dass auch seine Füße mit Kabelbindern befestigt waren. Er musste versuchen, auch diese zu durchschneiden. Nur mit freien Beinen könnte er das verdammte Telefon erreichen, das aktuell immer noch außer der Reichweite seiner Arme war.

Da er seine Beine unterhalb der Hüfte immer noch nicht spürte, zog er seine Arme mit Hilfe des Greifens ins Bettlaken Stück für Stück hinunter zu seinen Fußknöcheln, um die die unnachgiebigen Kabelbinder gezurrt waren.

Ein paarmal wurde es ihm schwarz vor Augen und er musste wiederholt innehalten. Dass das ganze Blut, mit dem das Laken vollgesogen, ja getränkt war, von ihm stammen könnte, blendete er vollkommen aus. Dies war ein gnädiges Geschenk des Schocks, in dem er sich befand.

Nach unendlicher Kraftanstrengung und Ausdauer schaffte es Michael Ramelow auch die letzte Plastikfessel zu durchtrennen.

Dann ließ er sich absolut erschöpft wieder nach hinten auf die Matratze fallen und wurde ohnmächtig.

22. Endlich Polizeidienst

Zu einem Praktikum bei der Polizei gehört neben dem Bearbeiten von Aktenbergen und diversen Archiven üblicherweise auch der ganz praktische Polizeidienst auf Streife.

Da aber aktuell der Krankenstand wegen einer rasant sich verbreitenden Virusvariante bei der bayerischen Polizei so außerordentlich hoch war, durfte Thorsten Schneider ausnahmsweise sogar in der Polizei-Notrufzentrale mitarbeiten. Endlich raus aus den muffigen Polizeikatakomben!

Er hatte eine entsprechende Kurz-Einweisung erhalten, um Erstgespräche führen zu können: „Was ist passiert? Wie viele Personen sind beteiligt?", mit solchen und anderen „Standard"-fragen wurde Thorsten gedrillt.

Für schwierige Fälle war immer noch ein erfahrener Kollege als Backup verfügbar. Thorsten hatte schon einige „Fälle" am Notruftelefon „110" abhandeln können. Seine Kollegen von der Berufspolizei hatten ihm bisher nur positives Feedback gegeben.

Die Berufspolizisten waren froh über die Entlastung am Notruftelefon und Thorsten war froh, aus den staubigen Archiven herauszukommen. Eine klassische Win-Win-Situation.

Doch der kurz vor Schichtwechsel hereinkommende Telefonanruf über die zentrale Notrufnummer und dessen Folgen sollten dem jungen Praktikanten für lange in Erinnerung bleiben.

„Den Anruf nehme ich gerade noch, dann können wir Schichtübergabe machen", sagte Thorsten sichtlich erleichtert mit Blick auf die kommende Ablösung.

„Polizeidienststelle München, Thorsten Schneider", setzte er an. Doch viel weiter kam er nicht, denn am anderen Ende des Hörers schrie Michael Ramelow mit aller Kraft, aber auch mit all seiner Panik in den Telefonhörer.

„Hilfe! Man hat mich überfallen! Gefesselt! Ich bin gelähmt! Ich spüre meine Beine nicht mehr!", sprudelte Michaels Stimme aus dem Telefon, wie eine Maschinengewehrsalve nach der nächsten.

Da Thorstens Telefonpartner zwischen seinen Stakkato-artigen Sätzen keinerlei Pause machte, hatte Thorsten keine Chance auch nur irgendetwas zu sagen, was Michael auch hätte hören können, denn der war total in Panik aufgelöst.

Thorsten hatte doch nur eine Kurzeinweisung für seinen Dienst am Telefon erhalten und war daher von der aktuellen Situation völlig überrascht. Sein hilfloser Blick wurde von einem anderen Polizisten wahrgenommen, der sofort reagierte.

Thorstens Kollege zur Wachablöse am Notruftelefon hatte den Vorgang mitgehört und nun den Hörer übernommen. Gleichzeitig wurde die Ortung des Anrufes aktiviert und nach erfolgter Peilung durfte Thorsten sogar mit einem Polizeibeamten zum vermuteten Tatort mit Blaulicht mitfahren.

Darauf war Thorsten sehr stolz, denn das war nach dem Archiv und dem Schritt hin zum Polizeinotruf, nochmal eine Steigerung: Polizeieinsatz mit Blaulicht!

Da würde er bei seinen Freunden und vor allem Freundinnen, statt irgendwelcher Archivierungsgeschichten, nun endlich mal etwas Gefährliches, „live und in Farbe" zu erzählen haben. Thorsten mit einem Streifenbeamten im Routineeinsatz.

Routine? Nein, das sollte dieser Einsatz ganz bestimmt nicht werden.

23. Fortbewegung unmöglich

„Keine Sau hilft mir, verdammt nochmal!", schrie Michael als letzten Satz ins Telefon, bevor er den Hörer auf die Gabel knallte. Und dann sagte er etwas weniger laut: „Wenn mir niemand hilft, muss ich mir selbst helfen!" Nachfolgend sagte er um vieles leiser, doch noch immer gut verständlich zu sich selbst: „Was, wenn der Verbrecher immer noch im Haus ist? Wo ist meine Pistole nur…", dann wurde es ihm erneut schwarz vor seinen Augen und er sank zurück auf die Matratze.

Michael erwachte nach wenigen Minuten erneut und griff sofort zum Knopf an der Schublade seines Nachtkästchen, zog daran und ergriff die darin liegende Pistole. Als er den Hebel zur Entsicherung löste, schoss ihm zeitgleich ein Schmerz wie aus Feuer in den Unterleib. Von dort aus breitete sich der höllische, brennende Schmerz bis zu seinen Füßen aus. Erst jetzt nahm er seine abgebundenen Beine wieder schemenhaft wahr.

Aus seiner ersten Panik heraus, dass er gefesselt gewesen war, hatte er sich nur auf die Fesseln seiner Hand- und Fußgelenke konzentriert gehabt und die Beinabschnürungen übersehen. Dass latente Panik kein guter Ratgeber ist, zeigte sich auch darin, dass ihm seine Pistole wichtiger war, als zuerst die Abschnürungen an seinen Beinen lösen zu wollen, um weitere möglicherweise bleibende Schäden zu vermeiden.

Doch nun riss er fast an den Abbindungssträngen an seinen Oberschenkeln, um den Blutstau zu lösen. Als das Blut in den Bereich unterhalb der Abbindungsstelle schoss, wurde Michael von so einem heftigen Schmerz heimgesucht, dass er zum wiederholten Male in gnädige Ohnmacht fiel.

Da die Nähte an den ehemals knöchernen Schienbeinen laienhaft ausgeführt worden waren, sickerte eine Menge Blut hindurch und wurde von der bereits ziemlich durchtränkten Matratze nicht mehr vollends aufgenommen. Das Blut tropfte durch das Bettzeug, die Matratze und um den Lattenrost auf den Boden unter dem Bett.

Infolgedessen war nicht nur der Bereich unter, sondern auch vor dem Bett nass und rutschig geworden. Als Michael sich erneut von seiner Ohnmacht, seinem Kreislaufkollaps erholt hatte, wollte er in seinem permanenten Schockzustand immer noch selbst Hilfe holen. Seiner Meinung nach hatte ihn die Polizei am Telefon nicht ernst genommen, deshalb müsse er jetzt zu den Nachbarn gehen und diese um Hilfe bitten.

Mit seinen Armen fasste er in Richtung seiner Knie und legte seine Hände darunter. Er konnte zwar seine Beine immer noch nicht ab den Knien abwärts spüren, aber er fühlte mit seinen Fingern durchaus, dass sich seine Kniekehlen etwas labbrig anfühlten. Trotzdem wuchtete er seine Beine mit Hilfe seiner Hände zur Seite, um am Bettrand zum Sitzen zu kommen.

All das Blut nahm er nur wie durch einen Filter wahr. „Ich muss zu den Nachbarn, Hilfe holen. Ich muss nur ein paar Schritte gehen. Das Schlafzimmer durchqueren. Die Treppenstufen hinunter. Der Flur. Der Garten. Die Klingel des Nachbarn", sprach er wie in Trance zu sich. Es war eine Mischung aus einem massiven Schock und den Nach- und Nebenwirkungen der tiermedizinischen Medikamente, die zuvor vermutlich noch nie an einem Menschen eingesetzt wurden.

Er saß lange am Bettrand. Für ihn war das Innehalten zeitlos. Doch dann kam der Moment, auf den er sich vorbereitet hatte. Mit letzter Kraft stieß sich Michael Ramelow aus dem Sitzen an der Bettkante energisch ab, um das Schlafzimmer zu durchqueren, auf dem Weg über die Treppe zu den Nachbarn.

Dass seine Füße den Boden berührten, konnte Michael nicht spüren. Als aber sein Gewicht auf seinen durch Holzstecken ersetzten Schienbeinen lastete, bohrten sich die Holzstöcke in das Fleisch seiner Beine. Beide Holzstecken barsten in tausend Splitter und bohrten sich in und durch das Fleisch und die Haut. Beide Unterschenkel gaben dabei ein schmatzendes Geräusch von sich, während sie in sich zusammenknickten.

Der Schmerz war in diesem Augenblick unerträglich, gar übermenschlich für Michael. Der restliche Körper oberhalb der Knie drückte mit einem Mal mit voller Wucht auf die unteren Extremitäten, die keinerlei Stabilität mehr hatten.

An manchen Stellen waren die laienhaften Nähte der chirurgischen Pfuscharbeit aufgeplatzt. An anderen Stellen waren Fleischstücke herausgerissen, die teilweise noch an Fadensegmenten hingen.

Michael, oder was von ihm übriggeblieben war, rührte sich nicht mehr.

24. Was Polizisten zu sehen bekommen

Der Polizeibeamte war zwar mit Blaulicht und Sirene durch die Stadt gefahren, hatte aber vorsichtshalber in gebührender Distanz zum Einsatzort bereits die polizeilichen Sonderzeichen ausgeschaltet. Sollte der oder die Täter noch am Tatort sein, wollte sie der Polizeibeamte keinesfalls vorwarnen.

Der Einsatzwagen kam an der Einfahrt zu Michaels Haus zum Stehen. Thorsten war sehr aufgeregt und fühlte sich wie ein kleiner Junge, der gleich seine Geburtstagsgeschenke bekommt. Doch die Geschenke, die ihn gleich erwarteten, waren alles andere als für Kinder geeignet!

Der Polizeibeamte eilte Thorsten um mehrere Schritte voraus zum Hauseingang. Die Haustüre zu Michael Ramelows kleinem Haus war nur angelehnt, was dem Polizeibeamten bereits stutzig machte und ihn seine Waffe ziehen ließ.

„Uff", entfuhr es Thorsten. Dass er bei seinem ersten „echten" Einsatz gleich mit realen Waffen konfrontiert werden würde, damit hatte er sicher nicht gerechnet.

Der Polizeibeamte öffnete vorsichtig und langsam die Haustüre, während er seine Dienstwaffe im Anschlag hielt. Dann betrat er das Haus und winkte Thorsten, nachzufolgen.

Nachdem die im Erdgeschoss liegenden Räume des Wohnzimmers, der Garderobenbereich, der Gästetoilette und des kleinen Erdgeschoss-Büros verlassen schienen, begaben sich die beiden langsam und vorsichtig über das Treppenhaus in die erste Etage.

„Riechst Du das?", flüsterte der Polizeibeamte mehr zu sich selbst, als zu Thorsten. Daher gab er sich wohl auch sofort selbst, diesmal aber mit lauterer Stimme, seine Antwort: „Gas! Scheiße, das ist Gasgeruch!"

Die erste Türe neben dem Treppenabsatz, der auch zu den anderen Räumen im ersten Geschoss führte, war die Türe zur Küche. In diese stürmte der Polizeibeamte mit vorgehaltener Waffe. Als er das offene Backrohr des Gasherds sah, war ihm schlagartig klar, dass jeglicher Funke zur Katastrophe führen würde.

Auch ein Schuss aus seiner Pistole würde ausreichen, dass der Funkenflug oder glimmende Schmauchspuren eine Explosion verursachen würden. Sofort steckte er seine Waffe zurück in seinen Halfter und drehte dann augenblicklich den Haupthahn des Gasherdes ab. Dann lief er zum Küchenfenster und riss es förmlich auf. Spätestens jetzt hätte ein vermeintlich im Haus noch befindlicher Verbrecher festgestellt, dass nun weitere Personen im Haus waren.

Thorsten war es vor Aufregung schon leicht übel. Hinzu kam dieser penetrante Gasgeruch, der sich scheinbar nicht so schnell verflüchtigte. Thorsten Schneider setzte sich auf einen Küchenstuhl, da ihm zu seiner Übelkeit auch noch schwindlig geworden war. Der Beamte tätschelte Thorsten etwas mitleidig über den Kopf, ging aber wieder zurück auf den Treppenabsatz und von dort in das nächste Zimmer, das Schlafzimmer. Thorsten hörte aus dem nebenan gelegenen Schlafzimmer noch ein Geräusch, als ob ein schwerer Sitzsack auf den Boden geworfen worden wäre. Dann war totale Stille.

Nachdem genügend frische Luft aus dem weit geöffneten Küchenfenster in den Raum gelangt war, vergingen sowohl Thorstens Übelkeit als auch sein Schwindelgefühl. Er erhob sich und füllte an der Spüle ein Trinkglas mit Leitungswasser, von dem er einen Schluck nahm. Dann ging er aus der Küche in Richtung Schlafzimmer.

Zuerst nahm er den auf dem Boden reglos liegenden Polizisten wahr, dann das ganze blutige Ausmaß der vor kurzem stattgefundenen bestialischen Tat.

Es sah aus wie in einem Schlachthaus: überall Blut, Knochen und Exkremente. Neben dem Polizisten lag ein zweiter Körper, oder zumindest was einmal ein Körper mit Beinen gewesen war. Auf Höhe der Knie und der Fußknöchel des zweiten Mannes standen scharfkantige Knochen heraus, an denen Fleisch und Gewebereste hingen.

Als Thorsten plötzlich ohnmächtig wurde und auf den durch das Blut rutschig gewordenen Fußboden fiel, war das letzte, was Thorsten noch wahrnahm, das schmatzende Geräusch, als sein Kopf auf einem ebenso blutdurchtränkten Teppichvorleger aufschlug.

Schwarze Ohnmacht fiel über ihn herein.

25. Albträume

Das Riechsalz, das die vom begleitenden Polizisten herbeigerufenen Sanitäter Thorsten Schneider unter die Nase hielten, tat seine Wirkung. Mit einem Ruck war er wieder bei Bewusstsein und er konnte auf einen Stuhl in der Küche gesetzt werden. Die Sanitäter erzählten Thorsten, dass der Polizeibeamte offensichtlich schneller wieder zu sich gekommen sei und einen Notruf absetzen konnte. Es wimmelte gerade so von Polizisten, Sanitätern und Leuten der Spurensicherung.

„Er ist wieder unter uns, Herr Kommissar", rief einer der Sanitäter in das Schlafzimmer hinein. Thorsten wurde noch an Ort und Stelle vom leitenden Kommissar befragt, und seine Aussagen deckten sich mit denen seines Streifenbeamtenkollegen. „Wenn Sie wieder einigermaßen fit sind, können Sie nach Hause gehen, Herr Schneider. Und melden Sie sich morgen krank. Meinen Segen haben Sie", verfügte der Kommissar.

Thorsten blieb noch einige Minuten sitzen und dachte über das Geschehene nach, soweit er sich eben erinnern konnte. Dabei fiel sein Blick auf ein Buch, das zwischen der Küchentüre und dem Türrahmen eingeklemmt war.

Er stand auf, zog es heraus und betrachtete den Romantitel. „Argos erwacht. Er weiß alles von Dir." Dann schob er das Buch in seine hintere Hosentasche.

In dieser Nacht hatte Thorsten üble Albträume, was den erschreckenden Erlebnissen und dem Anblick des seiner Schienbeine beraubten Opfers zu verdanken war. Am darauffolgenden Morgen meldete er sich vom Dienst ab, wie es der Kommissar empfohlen hatte.

Thorsten schleppte sich zu seiner Kaffeemaschine, warf sie an und ging mit einer Tasse heißen Kaffee auf sein Wohnzimmersofa. Er trank nur aus Gewohnheit einen kleinen Schluck, denn Durst oder gar Lust auf irgendetwas zu essen hatte er überhaupt nicht.

Als er gestern Nacht nach Hause kam, zog er sich zwar noch aus, aber er schmiss alle Kleider einfach auf den Sessel neben dem Wohnzimmersofa. Aus einer hinteren Tasche seiner Jeans lugte eine Ecke des Buches heraus, das er gestern eingesteckt hatte. Die Ecke des Buches blitzte weiß hervor, so dass es Thorsten nicht ignorieren konnte. Er stellte den Kaffee auf den Couchtisch und griff nach dem Buch.

Schon beim Herausziehen merkte er, dass das wohl eine der wenigen Stellen sein würde, die wirklich weiß waren. Der Rest des Buches hatte rötliche Flecken. Ziemlich genau dort, wo man es mit der Hand anfasst.

Das rote war Blut, da war er sich ganz sicher. So wie es da gestern in dem Haus ausgesehen hatte; zumindest im Schlafzimmer! Und die Fingerabdrücke waren vermutlich seine, weil er sich ja beim Ohnmächtigwerden im Schlafzimmereingang noch mit den Handflächen abgestützt haben musste. Und dann eben das Buch in seine Hände nahm. Dass man an einem Tatort nichts anfasst, schon gar nichts mitgehen lässt, ist doch eigentlich klar.

Vor allem an einem Schauplatz des Verbrechens, an dem schwerste Straftaten, massive Körperverletzung oder gar ein Mord begangen wurde. Allerdings ist zwischen „eigentlich" und „tatsächlich" ein großer Unterschied, wenn man unter Schock steht. Nicht Zurechnungsfähig, ist manchmal die bessere Bezeichnung für den Zustand eines Schocks.

Was sollte diese kleine Fehlleistung, das Mitnehmen des Buches, schon bei der Aufklärung dieser abscheulichen Gräueltat verändern? Außerdem würde das ja sowieso niemand merken. Vielleicht war der

Inhalt des Buches genauso grausig, wie die schreckliche Tat von gestern? Schließlich stand auf dem Umschlag „Psychothriller"...

Thorstens kriminalistischer Spürsinn war mit einem Mal erwacht, denn er flüsterte vor sich hin: „Was, wenn die Fingerabdrücke nicht nur von mir alleine sind? Was, wenn das Blut auf dem Buch auch DNS-Spuren des Täters enthält?" Wie erstarrt ließ Thorsten Schneider das Buch auf den Couchtisch vor sich fallen.

Er setzte sich aufrecht hin, griff nach einem auf dem Tisch liegenden Kugelschreiber und versuchte damit das Buch umzublättern. Anfangs entwich ihm das Buch immer wieder. Dann jedoch hatte er es schnell raus, wie man mit einem Stift die Seiten umblättern konnte.

Zuerst konnte Thorsten die vermutlich von zittriger Hand geschriebenen Randnotizen nicht entziffern. Jede Seite war am Rand über und über vollgeschrieben, vollgekritzelt. Im Buchtext selbst war nichts markiert oder vermerkt. Fein säuberlich hatte der Notizenschreiber darauf geachtet, dass der gedruckte Text nicht beschrieben wurde. Dafür presste er umso mehr Text, oder Graffiti-artige Zeichen, an die Textränder.

Lange betrachtete Thorsten die Buchränder, bis er plötzlich erkannte, dass der Kommentartext in Spiegelschrift geschrieben war. Trotz dieser Erkenntnis war es sehr schwierig, die einzelnen Wörter zu lesen, denn die Schrift war sehr krakelig und die entzifferten Worte ergaben keinen Sinn: „Doh-lauder, Qwawa-uhle, Gatzki, Nutzna-Machalla". Es wiederholten sich auch ähnliche Worte, die nur minimal anders geschrieben worden waren: „Do-Lauder. Doh-Lauder. Dohhhh-Lauder."

Was hatte Thorsten da entdeckt? Über zweihundert Seiten waren so am Buchrand eng beschrieben worden. Mit immer denselben oder leicht veränderten Worten. Diese Akribie, nur ja keinen Seitenrand unbeschrieben zu lassen, erstaunte Thorsten. Doch noch erstaunlicher war die Entdeckung, die er jetzt machen sollte.

Nachdem er wie im Jagdfieber Seite für Seite umgeblättert hatte, gelangte er zur letzten beschriebenen Buchseite. Exakt mit dem letzten Wort, dem letzten Interpunktionszeichen, endete auch die Randbeschriftung in Spiegelschrift mit diesen unsinnigen Wortwiederholungen. Wie mit einem Lineal gezogen, stoppte die Beschriftung gleichzeitig mit dem Buchtext. Der Abschluss des Kapitels, der Abschluss des gesamten Buches bedeutete für den Kommentator auch das Ende der irren, in Spiegelschrift verfassten Kommentare, „Nutzna-Machalla, Do-Lauder, Qwawa-uhle, Gatzki, Gatzki, Gatzkiii, …“

„Jetzt kommen noch die üblichen Leerseiten und dann ist das Buch nur noch vom Buchrücken und dem hinteren Teil des Umschlags umfasst“, sagte Thorsten lapidar in einem kurzen Selbstgespräch. Doch hier sollte sich der Praktikant Thorsten irren.

Als er die wenigen Leerseiten zum hinteren Buchdeckel durchgeblättert hatte, sprang ihn förmlich die gestochen scharfen Buchstaben der ToDo-Liste des Mörders an. Wie in Normschrift, äußerst exakt, gleichförmig und steif, war hier in klarer Reihenfolge aufgelistet, was wann zu tun gewesen war. Das Schriftbild war wie ausgewechselt, im Vergleich zu der krakeligen Spiegelschrift der Randbemerkungen. War das eine andere Person? Oder war das ein und dieselbe Person, nur in verschiedenen Gemütsverfassungen?

Hatte Thorsten eine Anleitung zu einem Verbrechen entdeckt? Oder zumindest eine Liste, wie ein Verbrechen vertuscht werden sollte? Er las sich jeden einzelnen Punkt durch: „Erstens, alle mitgebrachten Gegenstände wieder in die Tasche einpacken; außer Kerze und Feuerzeug. Zweitens, nach Entnahme der Tabletten, die Verpackung

wieder mitnehmen. Drittens, mit der Tasche zur Küche gehen. Viertens,
..."

Thorsten Schneider resümierte: „Der Mörder wollte offensichtlich nach dieser Liste alle seine Spuren beseitigen, indem er sich eine Anleitung schrieb, was wann zu tun war. Es sollten keine Gegenstände am Ort der Tat zurückgelassen werden, daher das Einpacken aller benutzten Gegenstände in diese Tasche. Letztlich sollten alle Spuren durch die Explosion des Gasofens verbrannt und unkenntlich gemacht werden.

Aber irgendwas lief trotz der akribischen Vorbereitung, trotz der Schritt für Schritt Anleitung, schief. Zum einen kam es nicht zur Explosion, weil vermutlich das Luft-Gasgemisch noch nicht explosionsfähig war. Zum anderen muss der Gewalttäter dieses Buch, das ich jetzt in meinen Händen, oder besser mit dem Kugelschreiber halte, im Eifer des Gefechts verloren haben. Vielleicht ist es ihm aus der in der ToDo-Liste genannten Tasche herausgefallen? Genau zwischen Türstock und Türblatt ist es hängen geblieben, so dass ich es finden konnte".

Triumphierend rief er laut aus: „Ich habe vermutlich den Schlüssel zu diesem grausamen Totschläger, Verbrecher, Monster in meinem Besitz!".

26.   Urlaubsfrühstück

Die Tageszeitung, die Bernhard Bauer abonniert hatte, lag auf seinem Frühstückstisch. Er hatte sie vorhin wie immer morgens aus dem Postkasten geholt, ohne auf die heutige Schlagzeile zu achten. Bernhard genoss ausgiebig sein Frühstück mit Rühreiern, aufgebackenen Brötchen und einer Tasse Lavazza-Kaffee, denn schließlich hatte er Urlaub. Da gehörte für ihn selbstredend ein gutes und vor allem entspanntes Frühstück ohne jeglichen Zeit- oder Termindruck dazu.

Er fühlte sich nach dem Mord an Michael Ramelow so sehr entspannt und in Urlaubsstimmung. Es war das Gefühl, das aufkommt, wenn man etwas besonders Anstrengendes, Belastendes oder etwas vor dem man Angst gehabt hatte, erfolgreich bestanden oder überstanden hatte. So, wie man sich nach einer bestandenen schweren Prüfung, oder nach einer gut überstandenen Operation fühlt. Sein durchweg gutes Gefühl lag vermutlich auch daran, dass seine inneren Stimmen seit der Tat schwiegen.

Als er die ersten Bissen gegessen hatte, griff er nach der gefüllten Kaffeetasse und gönnte sich einen Schluck daraus. Es war ein eingespieltes Ritual, dass er nach dem ersten Kaffeeschluck die Tasse wieder absetzte und nach der Tageszeitung griff, die er dann vor sich mit der Titelseite obenauf platzierte.

Was er jedoch heute zu lesen bekam, ließ ihn den in seinem Mund befindlichen Kaffee mit einem laut glubschenden Geräusch herunterschlucken. Seine Augen weiteten sich, als er die knallrot unterstrichene Schlagzeile las: „Serienmörder in München unterwegs!"

Er las sofort unter dem „Aufmacher" der Zeitung weiter: „Polizei fand schrecklich zugerichtetes Opfer im Edzard-von-Lichtenberg-Weg 95. Es ist laut Polizeisprecher ein weiteres Opfer einer ganzen Verbrechensserie. Doch diesmal hat das Opfer überlebt, wenn auch schwerverletzt!" Bernhard fuhr der Schreck in die Glieder.

„Erwischt, Scheiße! Ich habe erneut einen Fehler gemacht, oh nein! Das darf doch nicht wahr sein! Quwahwah-uhle! „Argos" wäre das nie passiert, Gatzki! Ich bin ein Versager! Do-lauder!", beschimpfte er sich selbst. Er verspürte schlagartig Angst, seine Beine und Schultern fühlten sich schwer an, wie wenn ihn die Schwerkraft zu Boden drücken wollte. In der Magengrube war ihm flau und er spürte, dass sein erst begonnenes Frühstück wieder aus dem Magen nach oben strebte. Er würgte, schluckte und versuchte mit allen Mitteln sein Essen bei sich zu behalten.

Seine inneren Stimmen hatten bereits beim Lesen der Schlagzeile leise zu flüstern begonnen, was er aber erst jetzt, als sie lauter geworden waren, bewusst wahrnahm. „Qwawa-uhle! Jetzt haben sie dich am Sack! Do-Lauder! Du wirst eingesperrt! Nutzna-Machalla! Du Versager! Gatzki!", zischten die Stimmen. Bernhard durchfuhr es heiß und kalt.

Jetzt war das passiert, wovon er ganz tief in sich immer überzeugt war, dass es eines Tages geschehen würde: er war entdeckt worden, er war also doch nicht so perfekt wie sein großes Vorbild „Argos".

Mit einem vehementen und laut geschrienen Satz schaffte es Bernhard, sich kurzfristig von den quälenden, gehässigen und böse zischenden Stimmen zu befreien: „Haltet euer Maul, ihr Bestien!!!" Dabei biss er sich gleichzeitig mit seinen Backenzähnen schmerzvoll auf seine Zunge. Unterschwellig und kaum hörbar murmelten die Stimmen in seinem Kopf leise weiter. Auch wenn die einzelnen Worte oder Sätze nicht mehr zu verstehen waren, nahm Bernhard den permanenten zischartigen Singsang noch immer leise wahr.

Nach der Überschrift des Leitartikels und dem ultrakurzen Absatz dazu, stand am Ende nur noch der Hinweis auf die Fortsetzungsseite: „Weitere blutige Details finden Sie auf Seite drei". Flugs blätterte Bernhard dorthin und las neugierig, gespannt und auch durchaus ängstlich weiter. Er fragte sich, wie weit ihm wohl die Polizei bereits auf die Spur gekommen war.

Die gesamte dritte Seite der Zeitung war für die Fortführung der Titelgeschichte reserviert worden. Bernhard versuchte sich auf die für eine mögliche Entdeckung durch die Polizei relevanten Punkte zu konzentrieren. Dabei pickte er sich immer wieder Textpassagen heraus, die er mit einem Textmarker anstrich, wenn sie ihm als wichtig erschienen.

„Junger Polizei-Praktikant Thorsten S. entdeckte den Schwerverletzten Michael R. …schrecklich verstümmelt… das Opfer hat überlebt und ist im Schwabinger Krankenhaus…DNA-Spuren werden ausgewertet…Polizei vermutet Serienmörder dahinter…Polizei-Profiler ist am Tatort tätig…weitere Hinweise von Thorsten S. helfen enorm bei der Fahndung…", hatte sich Bernhard in dem umfangreichen Zeitungsartikel angestrichen.

„Thorsten S. und dieser Profiler sind die größte Gefahr für mich, entdeckt zu werden", sprach Bernhard Bauer halblaut vor sich hin, während seine Stimmen im Kopf langsam, sehr langsam aber stetig endlich leiser wurden. Nun konnte er wieder klar, oder besser: kaltblütig denken, ohne durch die Stimmen abgelenkt zu werden.

Das Ziel war mit einem Mal klar: Thorsten S. musste eliminiert werden.

27.   Das gute, alte Radio

Bernhard schaltete das Radio ein und wählte mit den Stationstasten einen Münchner Lokalsender, denn er wollte wissen, ob neben den Zeitungsmeldungen noch weitere Informationen zu seiner Tat bekannt waren. Dort wurden zwischen den Musikstücken im Wechsel immer wieder Lokalnachrichten gesendet.

Und tatsächlich sendete die Radiostation entscheidende Details, die Bernhard sehr aufmerksam verfolgte. „Das war der Song When The Levee Breaks aus dem Album Led Zeppelin IV aus dem Jahre 1971! Und jetzt haben wir für unsere Lokalradio-Hörer etwas ganz Brandaktuelles: ein exklusives Interview mit unserem Helden des Tages, dem fünfundzwanzigjährigen Thorsten Schneider! Er war es, der zur Rettung des überfallenen und schwer verletzten Opfers im Edzard-von-Lichtenberg-Weg erheblich beitrug. Ein wahrer Held, ein Vorbild für uns alle! Herr Schneider, wie kam es dazu, dass Sie den entscheidenden Hinweis lieferten? …"

Nun hatte Bernhard den vollen Namen, dessen Alter und mit Leichtigkeit über eine Internetrecherche die Adresse einer der beiden Personen, die ihm am gefährlichsten werden konnte. Erst ist dieser Thorsten Schneider, dann der Profiler dran!

Die Stimmen in seinem Inneren begannen zuerst wieder leise zu murmeln, dann Zischlaute von sich zu geben, bis sie ihr Stakkato an scheinbar unsinnigen Worten immer lauter in Bernhards Kopf werden ließen: „Gatzki! Doh-lauder! Quawa-uhle! Gatzkiiiii!"

Er wusste nun nicht nur, was jetzt zu tun war, sondern fühlte sich schier gedrängt dazu, damit er überhaupt den Hauch einer Chance hatte, diese schrecklichen Höllenstimmen irgendwann wieder zum Schweigen zu bringen: Er musste erneut töten.

28. Ein Spaziergang

Es war draußen mittlerweile dunkel geworden, als Bernhard seine Wohnung mit diversen Utensilien in seiner bewährten schwarzen Sporttasche verließ und zu seinem Auto hinunter in die Tiefgarage ging. Dort setzte er sich in sein Fahrzeug und blieb darin einige Minuten still auf dem Fahrersitz sitzen. Dann legte er die heutige Tageszeitung auf den Beifahrersitz und nahm einen Notizblock aus seiner Jackentasche. Während des Interviews im Radio hatte er einige Seiten mit Notizen vollgeschrieben.

Diese enthielten nicht nur den vollen Vor- und Nachnamen, der mehrmals während des Interviews genannt wurde, sondern auch weitere Details, die Bernhard für sein Vorhaben für wichtig hielt. Unter anderem, dass Thorsten Schneider als kleiner Junge mit etwa sechs Jahren einen Unfall in der väterlichen Garage hatte.

Dabei hatte er wohl in eine laufende Kreissäge gefasst: „Ich war schon immer sehr neugierig, was mir allerdings einmal beinahe das Leben kostete. Ich war noch ein Kind, als ich Bekanntschaft mit einem rotierenden Kreissägeblatt machen musste. Mein Arm blieb erhalten, aber die Narbe ist sehr tief und ich kann heute damit gut umgehen. Ich denke, das war damals heldenhafter, als das, was ich zur hoffentlich baldigen Lösung des Falles am Edzard-von-Lichtenberg-Weg beitragen konnte.“

Bernhard ließ den Wagen an und fuhr aus der Tiefgarage heraus, in Richtung Baumarkt. Dort wollte er vor Ladenschluss noch etwas kaufen, bevor er zu Thorstens nach Hause fahren würde. Es sollte eine elektrische Säge sein. Eine sogenannte Kapp-Zug-Säge, die es erlaubte das Sägeblatt sowohl in horizontaler, als auch vertikaler Richtung zu bewegen.

Die Auswahl an Kreissägen jeder Couleur war groß in diesem Baumarkt. Schließlich entschied sich Bernhard für eine Kapp-Zug-säge mit einem besonders großen Sägeblattdurchmesser. Dazu kaufte er noch ein passendes Verlängerungskabel und einen Beutel mit extra langen Kabelbindern aus schwarzem Kunststoff.

An der Kasse zahlte er in bar, um keine elektronischen Spuren zu hinterlassen. Dann verstaute er alles in seinem Wagen und gab im Navigationsgerät Thorstens Adresse ein. Dieses gab die Entfernung mit zweiundvierzig Kilometern an.

Etwa zehn Kilometer vor dem Ziel hielt Bernhard Bauer seinen Wagen an einem Pendlerparkplatz an, der um diese Zeit bereits leer war. Dann nahm er sein Handy und gab die Zieladresse bei einer App mit hoher Kartenbildauflösung ein. Somit konnte er nicht nur exakt sehen, wie Thorstens Haus von einer Satellitenperspektive aus aussah, sondern auch das komplette nähere Umfeld betrachten.

Thorsten lebte in einem alleinstehenden Haus, umgeben von Wald. Spontan entfuhr Bernhard ein Kommentar: „Wie im Film „Freitag der Dreizehnte"! Eine einsame Hütte im Wald! Und das nächste bewohnte Gebäude weit weg, Quwahwah-uhle. Sehr gut – zumindest für mich, hahaha".

Etwa einhundert Meter vor Thorstens Haus bog Bernhard in einen Waldweg ein und stoppte dort sein Fahrzeug, schaltete das Licht und dann den Motor aus. So blieb er einige Minuten still sitzen und lauschte in die schwarze Dunkelheit hinaus.

Nach einiger Zeit nahm er eine Taschenlampe, etliche Kabelbinder und seine Betäubungsutensilien aus der mitgebrachten Sporttasche und machte sich auf den Weg zum Haus seines nächsten Opfers. Diesen vorlauten Grünschnabel auszuschalten, war mehr als gerecht, fand

Bernhard. Schließlich war er durch ihn in Gefahr gebracht worden, also war es nur konsequent, diesen eingebildeten Idioten zu töten.

Diesmal durfte Bernhard Bauer kein Fehler unterlaufen. Es würde ihm nicht ein zweites Mal passieren, dass ein perfekt geplanter Mord durch Unachtsamkeit oder gar einem Fehler in der Tatplanung erneut schief gehen würde. Den perfekten Mord war er seinem großen Vorbild „Argos" aus den beiden Psychothrillern schuldig.

Diesmal würde sich Bernhard „Argos" würdig erweisen und seinen einmal begangenen Fehler wieder gutmachen. Damit wäre die peinliche Schande gegenüber seinem großen Idol ausgemerzt. Und die schrecklichen Stimmen könnten schweigen. Vielleicht für immer?

Bernhard vernahm plötzlich säuselnde Geräusche, die leise und unverständliche Worte flüsterten: „Gaaaaahhhhhhtzki, dohhhhhhhh…" So schnell die Geräusche gekommen waren, so schnell verschwanden sie auch wieder, so dass Bernhard sie als Windgeräusche des Waldes abtat. Und doch hatte er kalten Schweiß auf seiner Stirn, denn wenn es eins gab, wovor er Angst hatte, dann waren es diese schrecklichen Stimmen im Kopf. Nach dem Motto: „Es kann nicht sein, was jetzt gerade nicht sein darf!", verdrängte er diesen kurzen Vorfall und machte sich auf zu einem kleinen Spaziergang, wie er es nannte.

Das Haus lag nun dunkel etwa zehn Meter vor ihm. Nur aus dem Wohnzimmer schien ein wenig Licht auf den Eingangsbereich. Bernhard konnte erkennen, dass Thorsten in einem Ohrensessel saß und ein Buch in Händen hielt. Hoch konzentriert lauschte und starrte Bernhard Bauer in Richtung des Wohnzimmerfensters, um feststellen zu können, ob sich noch eine weitere Person im Haus befand.

Nach gut zehn Minuten ohne Hinweise auf weitere Personen war Bernhard überzeugt, dass sein Opfer alleine im Haus sein musste.

Thorstens Sessel war mit der Rückseite zur offenen Verandatüre gewandt. Dies erschien wie eine Einladung zum Eintreten für Bernhard. Er gab diesem Impuls nach und schlich sich lautlos über die Veranda von hinten an Thorstens Stuhl.

Mit einem genüsslichen Grinsen steckte sich Bernhard noch kurz vorher eine Wäscheklammer auf seine Nase, um sich selbst vor den gleich entweichenden Betäubungsgasen zu schützen. Thorsten war so tief in sein Buch versunken, dass er weder das Eindringen in sein Haus, noch die Vorbereitungen für die nun folgende Betäubung registrierte.

Erst als sich das mit Chloroform getränkte Tuch über seinen Mund und seine Nase legte, erschrak er und holte tief Luft. Das war genau das, was Bernhard wollte. Keine zwei bis drei Sekunden später sackte Thorsten Schneider in seinem Ohrensessel zusammen und Bernhard konnte ihn mit den schwarzen Kabelbindern fesseln. Zusätzlich fixierte er sein Opfer auch noch an den Armlehnen und den Sesselbeinen mit etlichen Kabelbindern.

Auch das Leinentuch, das mit Chloroform schwer getränkt war, zog er mit etlichen Kabelbindern am Kopf seines Opfers streng fest. Sicherheitshalber kippte er noch etwas aus der Chemikalienflasche über das bereits triefende Tuch. So verzurrt und betäubt, konnte sein Opfer nicht mehr entkommen. Bernhard ging zurück zu seinem Fahrzeug und holte seine Mordwerkzeuge.

Als Bernhard wieder zurück kam, hatte er in einer Hand die noch original verpackte Elektrosäge und in der anderen seine schwarze Sporttasche. Er blickte zuerst kurz zur Kontrolle auf Thorstens Leinentuch, unter dem dieser schwer, aber ganz gleichmäßig atmete. Dann sah sich Bernhard im gesamten Haus um. Dabei entdeckte er im Kellerbereich eine komplett eingerichtete Heimwerker-Werkstatt.

Dort räumte er den massiven hölzernen Arbeitstisch frei, um danach Thorsten zu holen und ihn darauf zu legen. Dazu löste er die ursprünglich angelegten Kabelbinder an Thorstens Gliedmaßen und schleppte ihn in den Keller. Bernhard legte um Thorstens Fußgelenke nun metallene Rohrschellen, die mit Hilfe eines mitgebrachten Akkuschraubers und zentimeterlangen Schrauben im Holztisch festgeschraubt wurden.

Dann schnitt Bernhard mit einer Stoffschere Thorstens T-Shirt in Streifen, so dass es ein Leichtes war, die Ärmel und den Rest des Baumwolloberteils abzureißen. Thorsten lag nun mir komplett nacktem Oberkörper auf der hölzernen Werkzeugbank und seine schwere Verletzung aus der Kindheit war nun offensichtlich.

Bernhard starrte auf den schwer vernarbten linken Oberarm, mit dem Thorsten damals in die rotierende Kreissäge gefallen sein musste. Wulstige Verwachsungen zogen vom Schulterbereich den Oberarm entlang, bis zum Ellenbogen. Die Haut war rötlich gespannt, haarlos und glänzend im hellen Licht der Werkstatt. „So ein Krüppel!", murmelte Bernhard. „Den wird nie eine Frau ansehen. Spätestens im Bett läuft die schreiend davon! Gatzki!"

Nun schraubte er Thorstens rechten Arm mittels einer weiteren Rohrschelle brutal am hölzernen Arbeits- und Werktisch fest. Für den linken Arm hatte er sich eine andere Stelle zur Fixierung ausgedacht. Dazu nahm er eine besonders große Rohrschelle, die er direkt am Schultergelenk ins Holz des Tisches schraubte. Damit war kaum mehr Bewegung für sein Opfer möglich, sollte es frühzeitig erwachen und auch nur im Traum daran denken sich zu befreien oder gar zu entkommen.

Nur der linke Arm war noch beweglich ab der Schulter abwärts. Alle anderen Gliedmaßen waren, unter den extrem fest mit Metallschrauben festgezogenen Rohrschellen, nun erbarmungslos fixiert.

Als Thorsten neben den schweren Atemgeräuschen ein langes Stöhnen von sich gab, kippte Bernhard einfach einen Schwung Flüssigkeit aus der Chloroform Flasche über das mit einem Tuch aus Leinen abgedeckte Gesicht, dessen Form unter dem Tuch und den Kabelbindern nur zu erahnen war. Schon war außer Thorstens schweren Atemzügen nichts mehr zu hören.

Bei der bevorstehenden Fixierung von Thorstens versehrten linken Arm ließ Bernhard besondere Sorgfalt walten. Zuerst umwickelte er den Arm spiralförmig vom Oberarm bis zum Handgelenk mit einer selbstklebenden dicken Mullbinde. Dies wiederholte dreimal, so dass Thorstens Arm aussah, als ob er eingegipst worden wäre. Dann nahm Bernhard aus seiner schwarzen Sporttasche zwei weitere der größeren Rohrschellen und legte eine davon um Thorstens linken Oberarm und schraubte sie dort ganz eng an.

Die zweite Metallschelle brachte er kurz unter dem Ellbogengelenk an und fixierte sie gnadenlos mit zwei tief in den Holztisch eingedrehten Schrauben. Die um den Arm gewickelten Mullbinden federten den Druck, der durch die streng anliegenden Metallschellen erzeugt wurde, etwas ab. Und die Durchblutung war noch immer gewährleistet.

Allerdings war der linke Arm im Gegensatz zu den anderen Gliedmaßen keinen Millimeter mit menschlicher Muskelkraft zu bewegen, egal welche Kraft Thorsten würde aufbringen können. Und Thorsten Schneider würde sicherlich versuchen, alle Kraft die in ihm steckte aufzubringen, um zu entkommen; das war so sicher wie das Amen in der Kirche!

29. Diesmal durfte kein Fehler passieren

Thorsten hörte wie durch Watte das Geräusch eines Elektromotors. Es könnte ein Akkuschrauber sein, dachte er kurz. Dann stöhnte er unwillkürlich und es drehte sich alles um ihn in dieser Dunkelheit, die ihn umgab. Er dachte erst zu träumen, denn sein Körper fühlte sich so schwer an und sein Kopf schien vollkommen aus Blei zu sein. Als der Elektromotor nicht mehr surrte, hörte Thorsten ein gläsernes Klirren.

Bernhard hatte bemerkt, dass sein Opfer am Erwachen war und hatte den Akkuschrauber beiseitegelegt und die Chloroform Flasche genommen und geöffnet. Er nahm die in der Flasche befindliche Pipette und zog sie mit der glasklaren Flüssigkeit aus der Flasche auf. Das letzte, was Thorsten noch wahrnehmen konnte, bevor er wieder im Tiefschlaf versank, war das Auftreffen der Betäubungsflüssigkeit auf seine Stoffmaske, sein triefendes Laken. Es klang in seiner doch so gedämpften Wahrnehmung so beruhigend, wie das Tröpfeln von Regentropfen auf einer Fensterscheibe.

Als letzten Schritt seiner Vorbereitungen platzierte Bernhard die neu gekaufte Kapp-Zug-säge neben Thorstens linkem Arm. Auch die Säge wurde mit dicken Schrauben auf dem Holztisch festgeschraubt nun mit der Bodenplatte ihres Metallgehäuses absolut stabil mit der Holztischoberfläche verbunden. Das Sägeblatt selbst konnte nicht nur vertikal über einen Metallhebel nach oben und unten geschwenkt, sondern auch insgesamt um 180 Grad horizontal gedreht werden.

Bernhard machte einige „Trockenübungen" mit der Säge, ohne diese einzuschalten. Dabei stellte er fest, dass das Sägeblatt soweit nach unten geführt werden konnte, dass es ohne weiteres die Tischoberfläche berühren und einige Zentimeter auch einschneiden hätte können. Nachdem er die Kapp-Zug-Säge mit dem mitgebrachten

Verlängerungskabel an Strom angeschlossen hatte, schaltete er die Maschine ein. Sie gab zugleich ein pfeifendes und surrendes Geräusch von sich, das parallel zur ansteigenden Umdrehungsgeschwindigkeit mit steigender Frequenz des sie begleitenden Pfeiftons einherging.

Bernhard schwenkte die laufende Säge mit in voller Umdrehung befindlichem Sägeblatt in -fast- alle Richtungen, die möglich waren. Dazu gehörte auch der im Schwenkbereich liegende linke Arm seines Opfers.

Doch kurz, bevor das scharfe Sägeblatt den Arm oder zumindest die Mullbinden des Arms berührten, zog Bernhard Bauer die auf höchster Drehzahl rotierende Kapp-Zug-Säge zurück.

Er wusste nun, dass er innerhalb des Schwenkbereiches der Kreissäge jeden Abschnitt von Thorstens Arm erreichen konnte.

30. Re-Traumatisierung

Noch ein letztes Mal betrachtete Bernhard seine bisher getätigten Vorbereitungen. Alles sollte perfekt laufen. Alle möglichen Fehler sollten diesmal wirklich ausgeschlossen sein. Daher nahm er sich ausgiebig Zeit, alle Rohrschellen und deren Schraubbefestigungen nochmals zu kontrollieren. Auch den drehbaren Bereich des Kreissägeblatts schwenkte er wiederholt im ausgeschalteten Zustand zu verschiedenen Abschnitten von Thorstens Arm.

Dabei drückte er das stehende Kreissägeblatt mehrmals leicht auf Thorstens mit Mullbinde eingewickelten Arm, was graue, strichartige Spuren auf der weißen Mullbinde hinterließ. Dies waren Abdrücke des noch unbenutzten und mit Maschinenöl eingefetteten, vor Rost geschützten Metalls des Sägeblattes. Dass sich das jungfräuliche Weiß des Verbands und das Grau des Maschinenöls bald tiefrot verfärben würden, freute Bernhard und trieb ihm ein Grinsen ins Gesicht.

Einerseits hatte Bernhard Angst vor den Stimmen in seinem Kopf, andererseits liebte er das Allmachtgefühl und den emotionalen Wechsel von Dr. Jekyll zu Mister Hyde. So wie sein Romanvorbild Alexander Vogel zu „Argos" erwachte, wenn er tötete. So wurde Bernhard Bauer zu der Imago von „Argos", wenn er mordete, wütete und schlachtete!

Bernhard hatte fünf kurze, dünne Kabelbinder neben die linke Hand seines Opfers gelegt. Sie waren bereits in die Öse des jeweiligen Kabelbinders eingeführt und etwas eingerastet. Gerade so, dass der Kabelbinder arretiert war, jedoch noch viel Spielraum zum weiteren Festziehen verblieb.

 Nun steckte Bernhard Bauer die ringförmigen Plastikbinder über jeweils einen von Thorsten Schneiders Fingern der linken Hand, bis zum

Anschlag der zugehörigen Fingerwurzel. Mit viel Kraft drückte Bernhard die Kabelbinder die Finger entlang tief in Haut und Fleisch und zog sie gleichzeitig brutal fest. „Klick-klick-klick", gab jeder einzelne Kabelbinder beim Festzurren von sich.

Bernhard betrachtete sein Werk nochmals in aller Ruhe. Hatte er an alles gedacht? Alle Eventualitäten bedacht? Es schien so. Gerade, als er innerlich zu sich sagte, dass diesmal wirklich alles perfekt vorbereitet sei, begannen sich seine inneren Stimmen leise zu melden. „Gaaaahhhhtski…"

Es schien, als ob sie nur abgewartet hätten, damit sich Bernhard auf seine Vorbereitungen bis zu deren Abschluss konzentrieren und ohne jegliche Ablenkung bei klarem Bewusstsein alle Details der bevorstehenden Tat nochmals vor seinem geistigen Auge durchspielen hatte können.

Das Säuseln der Stimmen schwoll immer mehr an. Sowohl an Mehrstimmigkeit, als auch an Lautstärke. Intuitiv wusste Bernhard, dass die „bösen Stimmen", wie er sie nannte, erst wieder aufhören, still werden würden, wenn er sein Werk vollbracht hatte.

So lange er noch einigermaßen klar denken konnte, musste er die allerletzten Aktionen seiner Vorbereitungen schnell zu Ende bringen. Dazu nahm er Thorsten den mit Chloroform getränkten Lappen vom Gesicht, goss ihm etwas Wasser darüber und sprach den gerade Wiedererwachten und noch immer von der Betäubung Berauschten mit scharfem Ton an.

„Erinnerst Du Versager Dich noch an jenen Tag, als Du in die Kreissäge Deines Vaters gefallen bist? Ja? An all das Blut und die Schmerzen? An die Panik, den Schrecken und das Chaos, bis Hilfe kam? Wir werden das heute nachspielen. Mit dem kleinen Unterschied, dass heute keine Hilfe kommen wird. Egal, wie sehr Du darum bittest und bettelst! Egal wie laut Du schreist! Die Psychotherapeuten behaupten, dass man ein Trauma nochmal durchleben muss, um es besser verarbeiten zu können. Also mache ich Dir jetzt gleich ein wunderbares Geschenk! Das bekommst Du kostenlos und mit den intensivsten Gefühlen und Schmerzen, die Du Dir vorstellen kannst!"

Thorsten konnte das alles nicht einordnen, denn er war von den Nachwirkungen des Chlorophorms noch so benebelt, dass er nur Wortfetzen aufnahm. Je klarer er im Kopf wurde, je mehr er seine momentane Situation realisierte, desto unverständlicher wurden die Worte seines Peinigers: „Gatzki! Qua-wah-uhle! Nutzna-Machalla! Gatzkiiiii!"

Mittlerweile trat Speichel aus Bernhards Mund und an den Mundwinkeln bildeten sich Fäden aus weißlicher Flüssigkeit, die sich langsam rosarot verfärbten. Denn er biss sich jetzt so fest auf seine Zunge, dass sie blutete. Diesmal schien diese letzte Maßnahme zum Vertreiben oder zumindest zum Beruhigen der „bösen Stimmen" nicht mehr zu wirken, egal wie fest Bernhard sich auf seine Zunge biss. Die Stimmen waren für Bernhard nun so laut geworden, dass er nur noch ein Getriebener war, der nur noch ein Ziel hatte: sich in einen zweiten „Argos" zu verwandeln und damit die schrecklichen Stimmen zum Verstummen zu bringen!

Als der schrille Ton der anlaufenden Kreissäge den Raum erfüllte, wurde Thorsten mit einem Mal die ganze Tragweite seiner misslichen Situation klar. Er war zwangsweise mit Metallrohrschellen an den Tisch festgeschraubt worden, ohne dass er sich auch nur weiter bewegen konnte als ein paar Millimeter.

Nur seine missgestaltete linke Hand ließ sich etwa ab dem Handgelenk etwas bewegen. Er musste in die Hände eines Wahnsinnigen gefallen sein. Warum nur? Er hatte doch Zeit seines Lebens niemanden etwas angetan! Doch dann durchfuhr es ihn wie ein Blitz und er sprach es laut aus: „Das muss der Serienmörder sein, den ich finden wollte!"

So hatte Thorsten Schneider sich das ganz bestimmt nicht vorgestellt. Seine Erkenntnis half ihm nun nichts mehr. Im Gegenteil, der Schreck und die Angst fuhren ihm nun in alle Glieder und er begann aus Panik zu schreien! Jedoch das auf höchster Geschwindigkeit rotierende Kreissägeblatt war um ein Vielfaches lauter als Thorstens Schreie. Er starrte auf seine linke Hand, soweit er eben den Kopf in diese Richtung bewegen konnte.

Dabei sah er, dass sich die Kapp-Zug-Säge mit ihrem rotierenden und hochfrequent pfeifenden Sägeblatt in Richtung seiner Hand bewegte. Er drehte seine Hand bis zum physiologischen Anschlag des Handgelenks weg von der mit höchster Umdrehung laufenden Säge. Selbst seine Finger versuchte er abwechselnd seitlich wegzudrehen oder in eine Faust zu ballen. Doch die messerscharfe Klinge senkt sich immer weiter und war nun kurz davor die Haut eines seiner Finger aufzuritzen.

Trotz der absolut gefährlichen Situation, in der sich Thorsten befand, schoss ihm ein bizarrer Gedanke durch den Kopf: „Das ist irgendwie ähnlich, wie bei Edgar Allen Poes „Das Pendel des Todes", als sich ein riesiges messerscharfes Pendel auf das Opfer herabsenkte".

Dies sollte der letzte noch einigermaßen vernünftige Gedanke für lange Zeit gewesen sein, denn nun kamen Wellen der Erinnerung. Gedanken an die Unfallsituation aus seiner Kindheit. Sie überschwemmten und übermächtigten ihn derart, dass es sich anfühlte, als wäre es erst vor kurzem geschehen.

Anders, als von Bernhard angenommen, spürte Thorsten am Anfang der Tortour nichts von den ersten Verletzungen. Denn seine extrem stark ausgeprägten Gefühle von Angst und Panik überlagerten alles.

Als die Haut von Thorstens Zeigefinger angeritzt wurde, flog ein Stück Hautfetzen davon und ein feiner Blutstrahl spritzte über seinen Handrücken. Bernhard genoss für einige Sekunden diesen besonderen Augenblick der Macht, trotz des immensen Spektakels der Stimmen in seinem Kopf, und senkte die Kapp-zug-Säge nicht weiter.

Doch das hatte zur Folge, dass die „bösen Stimmen" nochmals um ein Mehrfaches an Lautstärke anschwollen, was schier unerträglich wurde. Daher senkte er mit einem Ruck das rotierende Sägeblatt und trennte nicht nur Thorstens Zeigefinger ab, sondern zerfetzte auch Haut und Fleisch der beiden direkt daneben befindlichen Finger.

Nach dem Hochziehen des Sägeblatts schaltete Bernhard die Kapp-Zug-Säge aus und betrachtete sein Werk, während Thorsten aus Leibeskräften schrie. Mit fast wissenschaftlichem Interesse betrachtete Bernhard den Zeigefingerstumpf, der kaum blutete. Zum einen waren die Finger einzeln durch die Kabelbinder abgeschnürt, so dass kaum Blut durch diese mechanische Absperrung kommen konnte.

Zum anderen sah Bernhard nun den Effekt, von dem er bisher nur einmal in einem Fernsehbericht über Erste Hilfe bei Haushaltsunfällen und bei Verletzungen durchs Heimwerken gehört hatte: wirklich schwere Schnittverletzungen, wie Teil- oder Komplettamputationen, führten entgegen landläufiger Meinung nicht zu einem fontänenartigem Blutverlust.

Vielmehr zogen sich die großen blutversorgenden Gefäße im ersten Schock zusammen. Durch diese Kontraktion der Hauptblutgefäße blutete eine wirklich große Schnittwunde für einige Minuten kaum mehr als eine kleine Wunde. Dies war ein körpereigener Schutzmechanismus, der den gesamten Menschen kurzzeitig vor dem sofortigen Verbluten schützte. Allerdings nur in einem sehr kurzen Zeitraum von einigen Sekunden bis zu wenigen Minuten.

Bernhards „böse Stimmen" waren genau in jenem Augenblick verstummt, als das Sägeblatt der Kapp-Zug-Säge den ersten Finger Thorstens abgetrennt hatte. Dafür schrie dieser nun umso mehr. Dies hatte zur Folge, dass Bernhard erst gar nicht wahrnahm, dass seine Stimmen im Kopf bereits wieder leise säuselnd ihr kakophonisches Werk begannen: „Dohhhhh....laudahhhhh, Quwahwah-uhhhhle, Gaaaahhhhhtzkihhhhhh"

Die anfangs sehr leisen Stimmen betonten die einzelnen Wörter langgezogen und zum Ende des Wortes hin fast hauchend. Das änderte sich jedoch rasant. Die Stimmen schwollen in Bernhards Kopf zu einem Durcheinander von verschiedenen Stimmlagen und Lautstärken an, so dass für ihn nur noch einzelne Wortfetzen verständlich waren. Zeitgleich mit dem Ansteigen der Lautstärke der Stimmen, stiegen Gefühle wie Angst und wiederholt Panikattacken in Bernhard hoch.

Er wusste, dass er wieder aktiv werden musste. Es war nicht sein eigener Wille, sondern die Folter durch diese unerträglichen Stimmen, die ihren Tribut forderten. In einem Stakkato aus nun scharf formulierten Wortfetzen und lautem Dröhnen in seinem Kopf, wollte er nur noch eines: das Ende der Höllenstimmen.

Der Raum war erst mit einem etwas tieferen Ton aus der Kreissäge, dann mit dem typischen Pfeifen des hochlaufenden Sägeblattes erfüllt. Als das Sägeblatt der Kapp-Zug-Säge ihre höchste Umdrehungsgeschwindigkeit erreicht hatte, war nichts mehr von Thorstens Schreien zu hören.

Bernhard empfand die „bösen Stimmen" in seinem Kopf noch lauter, so dass er das Herunterziehen der Säge mit voller Wucht direkt auf die Finger seines Opfers als unausweichlich empfand. Einzelne Finger flogen durch die schiere Gewalt und die messerscharfe Klinge des mit Höchstdrehzahl rotierenden Sägeblattes durch die Luft.

Schlagartig verstummten die Stimmen und nur das ekstatische Schreien Thorstens und das hochfrequente Surren der Säge blieben zurück. Bernhard zog die Säge wieder nach oben und schaltete sie befriedigt lächelnd aus.

Sein Opfer interessierte ihn überhaupt nicht, bis auf das Phänomen an der Schnittkante der abgetrennten Finger. Fasziniert sah er, wie sich die Adern der neu amputierten Fingerstümpfe und auch die Blutgefäße der erneut um ein Stück gekürzten übrigen Fingerreste selbstständig verschlossen. Die äußeren Ränder der großen blutzuführenden Gefäße zogen sich leicht nach innen und die Adern selbst kontrahierten sich.

Es war also nicht nur wahr, was er damals in der Fernsehsendung aufgeschnappt hatte, nämlich dass Amputationen nicht sofort zu hohem Blutverlust führen würden. Er konnte gerade mit eigenen Augen sehen, dass sich dieses absolute Notfallprogramm des menschlichen Körpers auch wiederholen ließ. Denn auch die bereits zuvor amputierten Gliedmaßen hatten sich nach wiederholter stückweiser Amputation genauso verhalten.

Die erlösende Ruhe in Bernhards Kopf wurde nun nur noch durch das animalische Schreien seines schwer verwundeten Opfers gestört. Also nahm Bernhard Bauer ein Stück Panzertape und klebte es rabiat über Thorstens Mund, einmal um seinen Kopf und schnitt die Kleberolle dann mit einem Teppichmesser ab. Jetzt war nur noch Wimmern und eine Art Glucksen zu vernehmen.

Bernhard war entspannt und ein leichtes Grinsen zeichnete sich in seinem Gesicht ab. Er fand, dass er sein Werk gut gemacht hatte und fühlte sich wie von einer großen Last erlöst. Dass Thorsten mittlerweile ohnmächtig geworden war, registrierte Bernhard nicht mehr.

Jetzt war der Moment gekommen, wo er sein Werk würdigen konnte und sich etwas Ablenkung gönnte, indem er den Raum des Schreckens verließ. Um sein Opfer musste er sich nicht kümmern, denn die Gefahr des Verblutens war nicht gegeben; schließlich waren alle großen Wunden mit Kabelbindern so abgebunden, ja abgeschnürt, dass nur sehr wenig Blut entweichen konnte. Zu gegebener Zeit würde Bernhard wiederkommen und Thorsten den finalen Stoß versetzen.

Als Bernhard hinter sich die Türe zur „Kammer des Schreckens" schloss, dachte er nur noch an den schottischen Whisky, den er sich nun gönnen würde. Der erste Schluck des goldgelben Glenmorangie schmeckte Bernhard so gut, wie noch nie in seinem Leben…

31. Ein Funken Hoffnung

Schwarz. Tiefschwarz. Das waren die Begriffe, die Thorsten Schneider zuerst in den Sinn kamen, als er langsam aus der Ohnmacht wieder erwachte. Dann spürte er eine Art Pochen, das von seinem linken Arm auszugehen schien. Dann blitzten in all dem Schwarz Erinnerungen auf: der Augenblick, als er mit dem Arm in die laufende Kreissäge seines Vaters fiel. Sein eigenes warmes Blut, das ihm ins Gesicht spritzte. Die Panik und das Chaos danach, als alle Erwachsenen, vor allem sein Vater, versuchten den Strom der Maschine zu unterbrechen und ihn fast gleichzeitig von der Kreissäge wegzubringen, oder besser herauszuziehen.

So schlimm die Bilder an diese Erinnerung auch waren, so waren sie doch ohne Erinnerung an den Schmerz. So war es auch damals, als sich das rotierende, messerscharfe Kreissägeblatt durch die Haut des Armes ritzte, dann den Unterarmknochen zertrennte und schließlich auf der Oberseite rot vom Blut verfärbt wieder hervortrat.

Thorsten hatte bei dem Unfallvorgang selbst keinerlei Schmerzen gehabt. Er hatte damals nur vielmehr das Gefühl gehabt, dass es unglaublich lange gedauert hatte, bis das Kreissägeblatt zum Stillstand gekommen war; endlich hatte sein Vater das Stromkabel aus der Steckdose gezogen. Aber dann kam der Schmerz wie ein Tiefschlag eines Boxers in die Eingeweide. Und dann kam endlich auch eine gnädige Ohnmacht.

Doch jetzt war etwas anders. Er war zwar desorientiert, aber er spürte zwischen den kurz aufblitzenden Erinnerungsfetzen an den schrecklichen Unfall aus seiner Kindheit kontinuierlich diesen dumpfen Schmerz auf seiner linken Seite. Dort wo sein Arm, seine Hand war.

Oder was davon noch übrig war. Thorsten sog tief Luft durch seine Nase ein und öffnete dabei seine Augen.

Schlagartig war die Erinnerung an das, was ihm gerade erst angetan wurde, wieder präsent. Ein intensiver Panikschub übermannte ihn, so dass er alle Muskeln in seinem Körper anspannte und nur noch flüchten wollte. Doch die Rohrschellen aus Metall, die mit langen Schrauben gesichert waren, gaben keinen Millimeter nach.

Als der Panikschub nachließ, versuchte sich Thorsten selbst zu beruhigen, indem er begann sich ein Mantra vorzusagen, dass er bereits damals als Kind während des Abtransports im Krankenwagen immer und immer wieder wiederholte: „Ich schaffe das. Ich schaffe das. Ich schaffe das …“ Diese drei Worte dämpften die Panikimpulse, die kurzzeitig schienen, als ob sie wieder die Kontrolle zu übernehmen drohten. Doch das Mantra war stärker.

Das Mantra aus der Kindheit half heute dem erwachsenen Mann. Als er auch noch begann bewusst ein- und auszuatmen, war er immer mehr in der Lage klarer zu denken, ohne von Emotionen überspült und gesteuert zu werden. Auch wenn der Schmerz seiner linken Hand bestialisch brannte und er Schlimmstes befürchtete, zwang er sich nun genau dorthin zu blicken.

Als er erkannte, dass einige Finger seiner Hand fehlten, wollte er schreien, was aber durch das Klebeband über den Mund nicht möglich war. Panik ergriff erneut Besitz von ihm. Da er sich zudem kaum bewegen konnte, aber alle Muskeln extrem angespannt waren, traten seine Adern vor allem am Schädel weit hervor. Sein Kopf lief rot an, die Schläfen pochten und die metallenen Schellen schnitten sich an den fixierten Körperteilen in seine Haut.

Wieder schoss ihm sein Mantra in den Kopf und er wiederholte es mit zusammengebissenen Zähnen, aggressiv und trotzig. Es hörte sich durch das Klebeband dumpf und unverständlich an. Gegen den Schmerz, gegen den Schock der Verstümmelung schrie er gegen den Widerstand des Panzertapes an. „Ich schaffe das. Ich schaffe das. Ich schaffe das …"

Thorsten war ein Kämpfer. Er war mutig und hatte einen unglaublich festen Willen, wenn er sich zu etwas entschlossen hatte. Und sein Entschluss stand fest: „Ich werde diesen Mörder stellen! Ich schaffe das!" Trotz der mehr als misslichen Situation, in der sich Thorsten Schneider befand, keimte ein Funken der Hoffnung.

Denn er registrierte trotz allem Gefühlschaos und den Schmerzen, dass die Rohrschelle, mit der die unversehrte rechte Hand fixiert worden war, sich ein wenig bewegen ließ. Sie war also nicht mit dem Schraubenkopf bis in die Oberfläche des Holztisches versenkt worden, wie die restlichen Befestigungen.

Thorsten konnte durch diese neue Hoffnung und durch das andauernd wiederholte Mantra seine Panik gut in Schach halten. Er versuchte sein rechtes Handgelenk durch die Metallschlaufe der Rohrschelle zu ziehen, was aber nicht gelang. Er wusste, dass die Befreiung nicht mit Kraft alleine gelingen konnte, denn die Schelle und die Schrauben waren nicht mit menschlicher Kraft zu überwinden. Vermutlich viel eher mit Geduld.

Thorsten Schneider begann damit, sein rechtes Handgelenk immer wieder so weit hochzuziehen, bis es die Rohrschelle stoppte. Er hatte das Gefühl, dass sich diese unbarmherzigen Handschellen aus Metall zwar nur sehr langsam lockerten, aber immerhin. Den Schmerz, den die scharfkantigen Schellen an der Haut der rechten Hand verursachten, ignorierte Thorsten. Denn der brennende, feuerartige Schmerz der linken Hand übertraf dies bei Weitem. „Wenn ich nur lange genug an der Schelle ruckle und zerre, dann komme ich frei. Ich schaffe das!“, schwor sich Thorsten.

32. Fast alles bedacht

Die akribischen, fast zwanghaften Vorbereitungen Bernhards für die Tat an Thorsten Schneider zahlten sich aus. Bernhard war sehr stolz auf sich, denn er hatte nicht nur genau das durchgezogen, was er von Anfang an wollte. Nämlich sein Opfer, im besten Sinne seines großen Romanvorbildes Alex alias „Argos", mit seinem schlimmsten Kindheitserlebnis zu konfrontieren und damit zu re-traumatisieren. Sondern auch eine fehlerfreie „Performance" abzuliefern, wie Bernhard sich auszudrücken pflegte.

Entspannt und versöhnt mit der Welt und vor allem den inneren Stimmen, genoss er den nächsten Schluck aus dem Whiskyglas. Die Beine auf einem Schemel gelagert, im Ohrensessel sitzend und in Richtung Terrasse und Garten schauend, war er zutiefst mit sich zufrieden.

Diesmal schien wirklich alles perfekt gelaufen zu sein. Selbst das für die folterartige „Behandlung" benötigte Werkzeug war exakt ausgerichtet, auf einem Edelstahltablett neben dem Holztisch auf dem Thorsten lag. Aber gerade diese Akribie, das zwanghaft scheinbar Korrekte, führt manchmal zu unerwarteten Effekten.

Nach einer unendlich lang empfundenen Zeitspanne schaffte es Thorsten tatsächlich, seine rechte Hand aus der Rohrschelle zu ziehen. Aufschürfungen, blutige Einrisse an den Handgelenken und einige Hautfetzen, die an der Metallschelle hängen blieben, waren der Preis dafür.

Doch was waren schon Aufschürfungen an der Hand im Vergleich zum erwartbaren, absehbaren Tod in naher Zukunft?

Jetzt war er in der Lage, die von seinem Peiniger so akkurat drapierten Werkzeuge auf dem Edelstahltablett mit seiner Hand zu erreichen. Thorsten griff beherzt nach dem darauf liegenden Akkuschrauber und löste die Schrauben aus dem Holztisch, die die Rohrschellen zusammenhielten und seine Gliedmaßen fixiert hatten.

Bei seinem linken Arm vermied er jeglichen Blick unterhalb seines Handgelenkes, denn sonst würde er ohnmächtig werden; das wusste er mit Sicherheit. Obwohl er wie in Trance agierte, war sein Vorgehen zielgerichtet und folgte seinem inneren Plan. Er war sich sicher, dass er hier rauskommen würde. Und sich vorher noch persönlich an seinem Peiniger rächen.

Als alle Schrauben gelöst waren und er auch die Fixier-Tapes entfernt hatte, saß er noch einige Sekunden aufrecht am Tischrand. Er atmete tief durch und wiederholte sein Mantra: „Ich schaffe das…"

Dann legte er den Akkuschrauber beiseite und nahm ein Skalpell in seine rechte, noch intakte Hand, um es sogleich in seine rechte Hosentasche zu stecken. Des Weiteren steckte er einen massiven Seitenschneider ein, der vermutlich selbst kleinere Äste hätte durchtrennen können. Dazu steckte er die ebenfalls auf dem Tablett stehende Chloroformflasche in die Brusttasche seines Hemdes.

Thorstens Polizeikollegen hatten ihm in weiser Voraussicht eine geladene aber gesicherte Waffe zum Selbstschutz überlassen, da sie befürchteten, dass er nach seinen öffentlichen Aussagen in Gefahr sein könnte. Die Waffe lag allerdings in einer Vitrine im Erdgeschoß. Und damit für einen so schwer Verletzten sehr, sehr weit entfernt. Eine Distanz, die nur mit seinem eisernen Willen und seinem Mantra überwunden werden konnte.

Thorsten ging langsam die Kellertreppe hinauf, von wiederkehrenden Schwindelanfällen begleitet. Das Tröpfeln des Blutes aus den Fingerstümpfen seiner linken Hand nahm er dabei nicht wahr. Er war so auf seine Rache fokussiert, dass er mehr mechanisch funktionierte, als wirklich voll bewusst agierte.

So etwas wie Zeitgefühl hatte er nicht mehr. Als er endlich oberhalb der Kellertreppe vor der Vitrine mit der Schusswaffe stand, war er mit einem Mal vollkommen klar in seinen Gedanken und verspürte keinerlei Schmerzen. Er nahm die Waffe in seine rechte Hand, entsicherte sie und spannte mit dem Daumen den Hahn der Polizeipistole.

Durch die geöffnete Wohnzimmertüre sah er Bernhard Bauer mit dem Rücken zu ihm in kurzer Hose im Ohrensessel sitzend und ein Glas Whisky in der Hand haltend.

Thorsten näherte sich mit der gezogenen und gespannten Waffe langsam von hinten. Als er Bernhards Beine auf dem Schemel liegend gut sehen konnte, zielte er auf dessen linkes Knie.

Dann drückte Thorsten mit einer unbeschreiblichen Genugtuung ab.

33. Point of no return

Der Schmerz fuhr Bernhard jäh durch Mark und Bein. Er schrie laut auf und griff reflexartig zu seinem linken Bein, zu seiner zerschmetterten Kniescheibe. Neben den wohl für einen normalen Menschen in dieser Situation erwartbaren Schmerzensausrufen gab er ein wildes Stakkato von Kunstwörtern von sich: „Gatzki!!!!!!, Gatzki!!!!Gatzki!!!Satenghosn!!! Doooooooooo-lauder!!!!"

Bevor er überhaupt die gesamte Situation erfassen konnte, steckte Thorsten seine Waffe blitzschnell in seine Hosentasche und goss etwa den halben Inhalt der Chloroform Flasche über Bernhards Kopf und Gesicht, so dass dieser fast augenblicklich -trotz des immensen Schmerzes- bewusstlos in sich zusammenfiel und in den Ohrensessel sackte. Nun konnte Thorsten das restliche Chloroform direkt in die Nase des Mörders träufeln, was vermutlich seine Nasenhöhlen und in der Folge wohl auch seinen Rachen und Luft- und Speiseröhre verätzen würde.

In seiner noch intakten Hand hielt Thorsten Schneider nun den dicken Seitenschneider. Jene Zange, die geeignet war auch fingerdicke Äste, Kabel oder andere meist runde Gegenstände zu durchtrennen.

Er setzte die scharfe Zange zuerst an einer Seite von Bernhard Bauers Kniekehle an, an der eine der beiden dicken Beugersehnen verläuft. Einen kurzen Augenblick hielt Thorsten inne. Doch dann drückte er mit aller Kraft zu.

Die feste, bis eben noch intakte Sehne riss durch den Schnitt mit der scharfen Zange und gab ein schnalzendes Geräusch von sich. Da Bernhard keinerlei Regung zeigte – was bei der Intoxikation von dermaßen viel Chlorophorm nicht verwunderte -, schnitt Thorsten die zweite dicke Sehne unter der Kniekehle durch. Erneut ein schmatzendes, ein schnalzendes Geräusch. Und Blut. Es tropfte aus der Kniekehle auf den Teppichboden.

Nun setzte Thorsten die scharfe Schneidezange an den Sehnen der rechten Kniekehle an und durchtrennte auch diese beiden für das Gehen dringend notwendigen Gebilde. Nun tropften aus beiden Kniekehlen kleine Rinnsale aus Blut, der Schwerkraft folgend, auf und in den darunter befindlichen Teppich. Dass Thorsten über seine schwer versehrte Hand und Fingerstümpfe ebenfalls permanent Blut verlor, nahm er dabei selbst nicht wahr.

Nachdem bereits die vier Sehnen der Kniekehlen schmatzende, schnalzende oder peitschende Geräusche von sich gegeben hatten, war Thorsten gespannt wie ein kleines Kind, wie sich wohl eine Achillessehne beim Durchschneiden anhören würde. Sodann setzte er erneut den mittlerweile blutverschmierten Seitenschneider an die Achillessehne des linken Fußes an und drückte die messerscharfe Zange mit aller Gewalt zu.

Es hörte sich wie das Knallen einer Pferdepeitsche an, als die Sehne durchtrennt war. Es bildete sich eine Art Knubbel, als sich die Sehne zurück- und gleichzeitig zusammenzog. Jetzt gab auch Bernhard ein Stöhnen von sich, jedoch ohne aus der verabreichten Chloroform-Narkose gänzlich aufzuwachen.

Gnadenlos schnitt Thorsten auch die zweite Achillessehne mit der äußerst scharfen Zange durch und erlebte dabei einen ähnlichen Effekt, wie bei der ersten durchtrennten Achillessehne.

Es hört sich erneut wie ein scharfer Peitschenhieb an und auch das Zurückziehen dieser stärksten Sehne des Menschen zu einer Art Knäuel unter der Haut war dasselbe.

Thorsten goss den Rest aus der Flasche direkt in Bernhards offenstehenden Mund. Der Schluckreflex sorgte dafür, dass das Chloroform sich nicht nur im Rachenraum, sondern bis hinunter in den Magen ergoss.

Als eine der letzten Taten setzte Thorsten den großen Seitenschneider, diese gefährliche Zange, die zur schwer verletzenden Waffe mutierte, direkt an einer der beiden dicken Halssehnen an. Er sah seinem Kreissägenpeiniger nochmal ins Gesicht, bevor er die erste Kopfsehne, die auch zur Stabilisierung des Kopfes auf den Schultern dient, durchschnitt.

Bernhards Kopf fiel auf die Seite der zerschnittenen Sehne und spannte damit die gegenüberliegende Halssehne maximal. Ideal für den zweiten, finalen Schnitt dachte Thorsten und setzte die messerartige Schneide der Zange an. „Ein kleiner Schnitt für mich, ein großer für … diese Serienmördersau! Verdammt!", sagte Thorsten laut.

Bernhards Kopf pendelte sich, nach dem Durchtrennen der zweiten Halssehne, mit dem Kinn auf der Brust mittig ein. Das Blut lief von seinen Halsverletzungen über seine Brust und wurde von seiner kurzen Stoffhose gierig aufgesogen.

Aus Wut und Hass, aber hauptsächlich aus Rache für das, was ihm angetan wurde, stieß Thorsten den großen rasiermesserscharfen Schneider in Bernhards linken Muskelstrang zwischen Schultergelenk und Kopf.

Die Zange schloss sich und der Hauptmuskelstrang wurde durchtrennt, so dass die linke Schulter ohne Funktion war. Spiegelgleich erfolgte die Zerstörung der Muskelstränge auf der gegenüberliegenden Schulter-Kopf-Strecke.

Als Thorsten begann, sich Bernhards Finger mit der scharfen Zange vorzunehmen, stöhnte dieser lauter und erwachte langsam aus seiner Betäubung. Er wollte sich mit seinem Arm gegen die bevorstehende Amputation seiner Finger wehren.

Doch die im Schulter-Kopfbereich beidseitig durchtrennten Muskelstränge erlaubten keinerlei Bewegen oder gar Anheben der Arme.

Bei vollem Bewusstsein, aber total wehrlos, musste Bernhard miterleben, wie ihm Thorsten schweres Leid zufügte. Einen Finger nach den anderen schnitt ihm Thorsten mit der scharfen Zange ab.

Als der zehnte Finger auf den Teppich fiel, betrachtete Thorsten sein Werk und wusste ganz klar, was als nächstes zu geschehen hatte: er würde den Notruf 112 betätigen.

34. Prolog

Viele Monate später, nach zahllosen Operationen, dem Einsetzen künstlicher Sehnen, Anpassen von Prothesen und gefühlt unermesslichem Schmerz war nun der Zeitpunkt für Bernhard Bauer gekommen zu realisieren, wie es um ihn stand. Er war grausam verstümmelt worden, an Händen, Füßen, Schultern und am Hals.

Und doch war er trotz seiner schweren Verletzungen, die jede für sich zum Ausbluten und letztlich zum Tode hätten führen können, am Leben geblieben. Das Infektionsgeschehen in seinem Körper war massiv gewesen, konnte aber durch Einsatz von Antibiotika und weiteren für Menschen (und nicht für Tiere!) entwickelten Medikamenten in Schach gehalten und letztlich ausgelöscht werden.

Neben dem schnellen Eingreifen der Notfallsanitäter und des Notarztes, hatte Bernhard auch großes Glück, dass der Blutverlust aus seinen übriggebliebenen Fingerstümpfen zeitnah gestillt werden konnte.

Doch das größte Glück in seinem damaligen Zustand war, dass zwar seine Hauptsehnen am Hals durchgeschnitten wurden, aber die Halsschlagadern nicht in Mitleidenschaft gezogen wurden. Denn dann würde er heute sicherlich nicht mehr am Leben sein.

Soweit er es seit jenem schrecklichen „Akt der Barbarei", wie er es zu bezeichnen pflegte, wahrnehmen konnte, wurde er im Krankenhaus rund um die Uhr von zwei Polizisten in seinem Einzelkrankenzimmer bewacht.

Seine Verletzungen waren so vielfältig und in Summe so sehr lebensbedrohlich, dass Bernhard nicht in einem bewachten Gefängniskrankenhaus behandelt werden konnte, sondern in der

Unfallklinik in Murnau am Staffelsee, die für die Behandlung von multiplen Verletzungen prädestiniert war. Er blieb dort, bis die akute und lebensbedrohliche Phase vorüber war.

Heute war er von dort mit dem Hubschrauber in die geschlossene psychiatrische Anstalt in München-Haar verlegt worden. Er saß während des Transportfluges und auch jetzt noch im Rollstuhl und war mit diesem per Handschellen verbunden. Der diensthabende Arzt, ein weiterer Doktor und ein älterer weißhaariger, großgewachsener Mann begrüßten Bernhard in der „forensischen" Klinik, wie sie es nannten.

„Willkommen in der forensischen Klinik München! Wir sind bekannt dafür, Schwerstkriminelle mit psychischen Störungen nicht nur aufzunehmen, sondern auch adäquat zu behandeln. Zu meiner linken sehen Sie Dr. Josef Schubert und zu meiner rechten Dr. Ludovico, der Erfinder der „Ludovico"-Methode.

Mein Name ist Prof. Dr. Dr. Mallersdorff, Psychiater, ärztlicher Psychotherapeut und medizinischer Gutachter für Gerichte und Berater der Staatsregierung unter Ministerpräsident Dr. Kevin Mühlendorffer. Wir werden heute noch mit Ihrer intensiven Behandlung nach der „Ludovico"-Methode beginnen. Drei Pfleger werden Sie gleich in den Behandlungsraum bringen. Nochmals ein herzliches Willkommen! Wir freuen uns sehr über Sie, da Ihre zahllosen Erwähnungen in der Presse auch uns zum Vorteil gereichen werden".

Drei Pfleger nahmen sich dem im Rollstuhl Sitzenden an und schoben ihn über einen langen Gang, vorbei an vergitterten Zellen und Fenstern. Aus den Zellen mit den schmalen Sichtschlitzen kamen diverse Kommentare, Ausrufe und eine verrückte Melange von den allesamt wirklich irren Insassen:

„Haben sie Dich endlich, Du Trittbrettfahrer, ahhh!", „Ich bring Dich um, Du Copy-Killer! Sau! Arschloch!", „Irre, das ist alles total irre! Ich bin hier falsch. Holt mich hier raus, ich bin gesund! Wirklich! So glaubt mir doch, bitte!", ...

Aus der letzten Zelle vor dem Ende des Ganges, kurz vor der Doppelschwingtüre zum sogenannten Behandlungsraum, kam ein dominantes „Halt!"; und die Pfleger hielten tatsächlich direkt vor der Zelle an. Der Insasse ignorierte die Pfleger und sah nur Bernhard Bauer durch den Türschlitz an.

„Das hast Du gut gemacht. So gut es mit Deinen Fähigkeiten eben ging. Du bist nahe an „Argos" herangekommen. Auch wenn Du nun hier in der Hölle angekommen bist. Eins musst Du wissen: Du bist nicht alleine hier. „Argos" ist auch hier", klang es kristallklar aus der geschlossenen Zelle. Bernhard nahm neben dieser eiskalten Stimme auch die irren Augen des Insassen durch den Türschlitz ganz bewusst war. Niemals zuvor hatte er so einen bösen Blick, so machtvolle Augen je gesehen.

„Weiter, los!", rief einer der Pfleger und der Rollstuhl mit Bernhard darin rollte weiter zur Doppelschwingtüre, die von einem Pfleger aufgehalten wurde. Diesen fragte Bernhard noch schnell vor dem Eintritt in den ominösen Behandlungsraum: „Wer war das in der letzten Zelle?"

Die Antwort des Pflegers kam prompt: „Das ist Alexander Vogel, alias „Argos". Der Serienmörder, der seit Kurzem wieder aus einem langen komatösen Zustand erwacht ist!"

Die Argos Trilogie:

Band 1: „Argos erwacht. Er weiß alles von Dir.“

Band 2: „Argos – Reloaded“

Band 3: „Argos – Imago“